아가씨 돌보기

~영애들이 다니는 명문 학교에서 제일가는
아가씨(생활력 없음)를
남몰래 돕는 시중 담당이 되었습니다~

5

사카이시 유사쿠 지음 | 미와베 사쿠라 일러스트

NOVEL
NE
ENGINE

"무척 맛있어요.
정말 맛있……
마시써."

코노하나 히나코
Hinako Konohana

겉으로는 행실이 바르지만,
사실은 게으른 아가씨.
'좋아한다'는 말뜻을 몰라
고민 중.

토모나리 이츠키
Itsuki Tomonari

히나코의 시중 담당이 된
일반 서민.
히나코의 제안으로 오랜만에
예전에 살던 집으로 돌아간다.

"히라마루 식당에
잘 오셨어요!!"

히라노 유리
Yuri Hirano

바지런한 이츠키의 소꿉친구.
연애 감정을 모르는
히나코를 걱정한다.

"응. 역시
유리가 해주는
밥은 맛있어"

"너무 보
마세요…"

츠루미 시즈네
Shizune Tsurumi

히나코를 보필하고
이츠키를 돌보는
완벽 메이드.

기본적으로 시즈네 씨는 항상 메이드 차림이어서,
다른 옷을 입은 모습은 매우 귀중하다.
귀엽고 몽실몽실한 느낌이 나는
실내복을 즐겨 입는 히나코와 다르게,
시즈네 씨는 간소한 스웨트 소재의 옷을 입었다.

아 가 씨 돌 보 기

부잣집 애들이 다니는 명문 학교에서 제일가는 아가씨(생활력 없음)를 남몰래 돕는 시중 담당이 되었습니다~

5

사카이시 유사쿠

일러스트 미와베 사쿠라

content
◆ ◆
saijo no osew
story by yusaku sakaish
illustration by sakura miwab

프롤로그

여름 방학도 이제 열흘 정도 남았다.

어지간한 학생은 긴 방학 막판에 늘어질 무렵이지만, 나는 솔직히 그럴 겨를이 없다. 안 그래도 여러모로 무리해서 상류층들이 다니는 학교—— 키오우 학원에 다니고 있으니까, 여름 방학이 다 끝나 가면서 조금씩 긴장감이 살아났다. 숙제는 잘 끝냈는지, 너무 해이해지지 않았는지, 자문자답이 늘어난다.

하지만 개학을 기대하는 마음도 있었다.

히나코와 다른 아가씨들 곁에 있어도 자연스러운 인간이 되고 싶다……는 목표가 있어서 그런 거지만, 여름 강습 때의 일이 그 마음을 더 강하게 했다.

여름 강습 시험에서, 나는 좋은 성적을 거뒀다.

그건 정말 기뻤다. 조금씩이나마, 확실하게 노력이 결실을 보고 있다.

"좋았어……!"

그런고로 나는 오늘도 개학을 대비해 예습, 복습하고 있었다.

공부해야 하는 분야는 아직도 많이 있지만, 다시 한번 집중해야 하는 것은 매너(예의범절)일 것이다. 한동안 키오우 학원에 다니지 않아서 무의식중에 몸가짐이 원래대로 돌아갔을 가능성이 있다. 시중 담당이 되었을 무렵에 쓰던 노트를 펼치고, 나는 시즈네 씨에게 배운 테이블 매너부터 확인하기로 했다.

(요새는 서민 시절을 자주 떠올리게 되었으니까 말이지…….)

여름 강습에서 유리와 재회한 것도 있고, 나는 요새 무의식중에 옛날 생활을 떠올리는 일이 늘어났다. 향수에 잠기는 정도는 문제가 안 된다고 보지만, 그것 때문에 매너를 잊어선 아가씨들께 피해를 준다. 조심해야지…….

그때. 책상에 둔 스마트폰이 진동했다.

앱에서 메시지 수신을 알렸다.

유리 : 여름 방학 아직 안 끝났지? 괜찮으면 우리 집에서 밥 먹고 갈래?

요약하자면 '마지막으로 같이 안 놀래?'라는 요청이었다.

나는 여름 강습이 끝난 뒤로 유리와 이런 메시지를 자주 주고받았다. 유리의 아버지도 나를 만나고 싶은 눈치니까 얼굴을 비치러 가는 게 좋을지도 모른다. 여름 방학이 끝나면 서로 바빠질 테니까, 유리의 집에 가려면 지금이 가장 좋겠지.

"히나코."

"응……?"

등 뒤에 있는 침대에서 히나코의 목소리가 들린다.

일어나 있는 것 같다.

"유리가, 괜찮으면 여름 방학이 끝나기 전에 가게에 오지 않겠냐는데?"

"갈래."

한순간에 대답한 히나코를 보고, 나는 눈을 휘둥그레 떴다.

"대답이 빠르네. 외출하는 건 별로 좋아하지 않잖아?"

"이츠키랑 같이 가니까."

히나코는 천천히 몸을 일으키며 말했다.

"게다가……."

무언가 말하려다가, 히나코가 입을 다문다.

고개를 갸우뚱하고 이어질 말을 기다렸더니 히나코가 다시 입을 열었다.

"이츠키는 옛날에, 히라노 양 집에 자주 갔어……?"

"그랬지. 알바가 끝난 다음이나, 유리가 부를 때는 거의 갔던 것 같아."

집에 갔다기보단 가게를 이용한 느낌이지만.

"……그렇다면, 갈래."

히나코는 고개를 살며시 끄덕였다.

왠지 얌전한 그 태도를 보고, 나는 이상하게 여긴다.

이유는 모르겠지만── 히나코는 요새 내 과거에 관심이 많은 것 같다.

히나코는 내게 '옛날에는 어땠어?', '예전에는 이런 걸 했어?' 같은 식으로 자주 물어보게 되었다. 예전에는 그런 적이 없었을 텐데, 여름 강습 전후로 이렇게 된 것이다. 이유를 슬쩍 물어봐도 얼버무리니까 무슨 일이 있었는지는 모른다.

일단 유리에게는 '코노하나 양과 같이 갈게.' 라고 답장을 보냈다.

"무으으…….."

침대에서 뒹굴뒹굴 구르며, 히나코는 끙끙대는 소리를 냈다.

잠시 후 히나코가 일어나서 내 옆으로 온다.

"……이츠키, 사전 빌려줘."

"사전? 전자사전이면 돼?"

"응."

끄덕이는 히나코.

아까 쓰고 치운 검정 전자사전을 다시 책상 서랍에서 꺼내 히나코에게 주었다.

전자사전을 받은 히나코는 침대에 걸터앉아 뭔가 검색하고 있었다.

몇 분 뒤, 히나코는 다시 내 근처로 왔다.

"……고마워."

"다 봤어?"

"응…… 잘 모르겠어."

히나코는 난처한 듯 말했다.

뭘 알고 싶었는지 궁금하지만, 나한테 말하지 않는 걸 보면 내게 알려지고 싶지 않은 걸까?

이것도 히나코에 관해서 요즘 신경 쓰이는 일이다.

가끔 이렇게 무척 고민하는 기색을 보인다.

(생활력 없음)

예전에도 뭔가 고민한 적은 있었지만, 대체로 나나 시즈네 씨에게 상담했었다. 그런데 이번에는 아무한테도 상담하지 않고 쭉 혼자서 끙끙대는 것이다.

속으로 히나코를 걱정하며, 나는 다시 공부하기 시작했다.

viande라는 단어의 뜻을 알아보려고 전자사전을 켰다. 아까 봤는데도 또 잊었다고 생각하며, 이력을 확인해 보니——.

(……아, 이건 히나코의 검색 이력인가?)

실수로 히나코가 검색한 이력을 보고 말았다.

(*틈……호미……빗질……? 뭘 검색한 거지?)

결국 히나코의 검색 내용을 봐도 뭘 고민하는지 알 수 없었다.

viande는 프랑스어로 고기 요리를 의미함을 떠올리고, 나는 다시 공부하기 시작했다.

◆

식당에서.

히나코와 함께 저녁 식사를 할 때, 뒤에서 시즈네 씨가 내게 말을 걸었다.

"이츠키 씨. 매너를 복습했나요?"

"네? 아, 그런데요."

"요즘 엉성해지고 있어서 슬슬 지적하려고 했는데, 괜히 걱정했나 보군요."

---

* 모든 단어가 '좋아하다'의 일본어 '스키'와 발음이 같다.

위험했다…….

식은땀이 흘렀지만, 한편으로 조금은 기쁜 마음도 생긴다. 보아하니 나 자신을 객관적으로 볼 수 있었던 듯하다.

"아가씨, 한 가지 연락 사항이 있습니다."

대구 뫼니에르를 조용히 우물거리는 히나코에게, 시즈네 씨가 말했다.

"타쿠마 님이 한동안 이 저택에 머무신다고 합니다."

"으엑…………."

히나코는 노골적으로 질색한 표정을 지었다.

그 반응은 조금 신기하다. 히나코는 아침에 일어날 때나 사교계에 출석할 때 등, 무슨 일이 있을 때마다 나른한 태도를 보이지만, 특정 인물에게 이토록 혐오감을 드러내는 모습은 보인 적이 없다.

"타쿠마…… 씨는, 히나코의 오빠죠?"

"네."

호칭을 어떻게 써야 할지 몰라서 일단 '타쿠마 씨'로 부르기로 했다.

히나코를 보자 아직 질색한 얼굴이다.

"왜, 여기 오는데……?"

"업무상의 이유입니다. 내일부터 일주일 정도 체류할 예정이라고 하더군요."

"웩……."

히나코가 미간에 주름을 잡는다.

(생활력 없음)

"저기, 불편해? 오빠가."

"싫어."

불편한 수준을 넘어섰다.

"그 사람은…… 자기밖에, 모르니까."

한숨을 푹 쉰 다음, 히나코가 말했다.

굳이 따지자면 히나코는 주위 사람을 휘말리게 하는 유형이라고 여겼는데, 타쿠마 씨는 그런 히나코조차 휘말리게 하는 사람일지도 모른다.

"아가씨, 어쩌시겠어요?"

"……피난."

"알겠습니다."

시즈네 씨가 고개를 끄덕인다.

피난은 무슨 뜻일까?

내가 고개를 갸우뚱하고 있자 시즈네 씨가 설명해 준다.

"이런 일은 예전에도 몇 번 있었으니까요. 아가씨께선 타쿠마 님이 오실 때마다 잠시 다른 곳에서 지내십니다."

"철저하군요……."

그렇게 싫나?

"혹시나 해서 말하는 거지만, 이츠키 씨도 따라오세요."

그건 당연히 예상했으므로, 나는 "네."라고 대답했다.

나만 이 저택에 남으면…… 몹시 거북하다.

"이번에는 어디로 피난할까요?"

"시원하기만 하면, 어디든지……."

"카루이자와에는 이미 다녀왔으니까, 다른 피서지라면……."

홋카이도, 아니면 외국……. 그렇게 말하며 시즈네 씨가 목적지를 검토한다.

그런 시즈네 씨를 보고, 나는 유리와 한 약속을 떠올렸다.

"저기, 이건 되면 좋겠다는 뜻으로 하는 말인데요. 제가 옛날에 살던 데 근처는 안 될까요? 조만간 히나코와 함께 유리를 보러 가기로 약속해서요……."

물론 안 된다면 예정을 다시 짤 작정이지만.

시즈네 씨가 복잡한 표정을 지었다. 역시 안 되려나 싶었는데.

"……이츠키의 집은?"

생각지도 못한 제안이 나왔다.

"우리 집?"

"응. 이츠키가, 옛날에 살던 집에 가 보고 싶어."

그건…… 애초에 가능할까?

집세를 내지 못해서 소유권은 이미 우리 가족의 손에서 떠났을 것이다. 그러나 나는 지금까지 몇 번이고 불가능을 가능으로 바꾸는 부잣집 아가씨의 힘을 목격한 바가 있으니까, 솔직히 이번에도 어떻게든 될 것 같았다.

"잠시 확인해 보겠습니다."

아니나 다를까, 시즈네 씨는 해결할 방법이 떠오른 듯했다.

시즈네 씨가 스마트폰으로 누군가에게 연락한다.

몇 분이 지나고, 시즈네 씨가 통화를 마쳤다.

"가능하군요."

"가능한가요."

"원래 그 집은 코노하나 부동산에서 관리하던 곳이니까요. 지금 확인해 봤는데, 아직 입주자가 없는 듯하니 한동안 빌릴 수 있을 거예요."

아무래도 나는 히나코와 만나기 전부터 코노하나 그룹의 손바닥 위에서 살았나 보다.

"하지만 아가씨. 이렇게 말하면 이츠키 씨에게 미안하지만, 그 집은 아무리 좋게 말해도 아가씨께서 지내시기 편한 곳이 아닐 겁니다."

그건 나도 동의한다.

당연하지만, 우리 집은 이 저택만큼 넓지 않고, 가구도 충실하지 않다. 잘 꾸민 정원도 없고, 바로 앞에 도로가 있어서 조용하지도 않다.

"별로, 상관없어."

그렇게 말하고, 히나코는 나를 본다.

"이츠키가 지금까지, 어떻게 살았는지…… 나도 경험해 보고 싶어."

히나코는 서민 생활에 흥미진진한 기색이었다.

하지만 기분 탓일까.

지금의 히나코는, 왠지 모를 의무감으로 움직이는 것처럼 보이기도 했다.

마치 내 옛날 생활을 알아야만 한다는 것처럼…….

"알겠습니다. 그러면 바로 준비하죠."

시즈네 씨가 다시 스마트폰을 손에 든다.

"저기, 경비는 괜찮을까요? 저랑 히나코가 처음 만났을 때는 그 주변에서 히나코가 유괴될 뻔했는데요……."

"걱정할 것 없어요. 그때와 같은 추태는 두 번 다시 보이지 않습니다. 일대에 24시간 체제로 경호원을 배치하겠어요."

시즈네 씨의 눈에는 강한 의지가 깃들어 있었다.

그날 일을, 시즈네 씨는 몹시 후회하는 거겠지.

지금의 시즈네 씨를 보는 한, 그때와 같은 사건은 다시 일어나지 않을 것 같았다.

"게다가 당신도 예전과는 다르잖아요?"

시즈네 씨는 나를 똑바로 응시하고 말했다.

"여차할 때는, 당신이 아가씨를 지켜주세요."

"네……!"

그랬다.

지금의 나는 시중 담당.

유괴범이 나타나도, 히나코의 오빠인 타쿠마 씨가 오더라도, 내가 할 일은 달라지지 않는다. 히나코를 곁에서 돕고, 지키는 것이 내 역할이다.

(생활력 없음)

1장 아가씨와 배우는 서민 생활

이튿날.

우리는 흔한 주택가에 와 있었다.

흔히 말하는 베드타운인 이 동네는 낮 시간대에 비교적 조용하고 지나다니는 사람도 드물다. 아파트처럼 높은 건물은 별로 없으며, 작은 주택과 음식점이 밀집한 풍경에서 오래된 다운타운 같은 분위기가 느껴진다. 역 앞에는 작게나마 상점가도 있다.

"오랜만에 돌아왔는걸……."

작은 목조 가옥 앞에서, 나는 무심코 중얼거렸다.

그 주변에는 특히나 주택이 밀집해서, 작은 골목길이 복잡하게 얽혔다. 그러나 오랫동안 여기서 지낸 내가 헤맬 일은 없다.

나는 오랜만에 옛날에 살던 집으로 돌아왔다.

"이츠키 씨. 여기 열쇠가 있어요."

"고맙습니다."

시즈네 씨가 내게 열쇠를 줬다.

열쇠로 문을 열고 처음으로 집에 들어갈 기회를 내게 준 것은 시즈네 씨 나름의 배려겠지. 마음속으로 감사한다.

문득 히나코를 보니 주변 경치가 신기한지 두리번거리고 있었다.

당분간 그런 느낌이 계속될 것 같다며, 나는 문에 다가간다.

"어라……? 현관문이 이렇게 깨끗했던가?"

"일단 입주자를 모집하는 중이니까요. 간단한 청소와 수리를 마쳤습니다. 최소한의 가구도 마련했고요."

우리 집에서 한동안 지내기로 어젯밤에 결정했는데, 벌써 가구도 준비한 듯했다. 여전히 대응이 신속해서 감탄한다.

마음을 가다듬고 현관문을 열었다.

좁은 현관과 그 너머로 펼쳐진 거실 풍경을 보고, 추억이 속속 떠오른다.

"달라진 것 같으면서도, 달라진 게 없구나……."

다소 깨끗해지긴 했지만, 틀림없이 옛날 우리 집이었다.

넓이는 15제곱미터 정도. 구조는 원룸. 주방 싱크대와 욕실이 있지만, 세탁기를 둘 데가 없어서 근처 빨래방을 이용해야 한다.

혼자 살기 딱 좋은 넓이지만, 세 식구가 생활 공간을 나누긴 힘들었다. 사생활은 없다시피 하고, 넓이에 비해 오래된 집을 고르는 바람에 바닥이 자주 삐걱거린다. 한밤중이나 새벽에 자다가 깨서 일어나면 바닥이 삐걱거리는 소리가 울려서 반드시 가족 모두가 잠에서 깼다.

"그나저나, 이건……."

다시 옛날 집을 보고 생각한다.

역시 이 설비로는 히나코가 지내기 편한 공간이 될 수 없으리라. 틈이 많아서 냉방 효율도 떨어지고, 벌레가 들어오는 일도 자주 있다.

몇 가지, 이 집에 어울리지 않게 깔끔한 가구가 있었다. 냉장고, 전자레인지, 탁자, TV, 옷장. 이것들은 시즈네 씨가 마련해 준 거겠지. 그러나 이걸로 생활 환경이 확 좋아지는 건 아니다.

지금이라도 다른 곳으로 바꾸는 게 좋지 않을까?

그렇게 생각하고 히나코를 보자.

"여기가……이츠키가 살던, 집……!"

히나코는 눈을 초롱초롱 빛냈다.

"이츠키, 이건 뭐야……?"

"미닫이 벽장 말이야? 여기에 이불이나 짐을 넣어."

벽장 장지문을 열고 설명한다.

"오오……."

"미닫이 벽장을 몰라?"

"옛날식 방의 지식은 있어. 하지만…… 써보긴 처음이야."

히나코는 벽장을 열었다 닫았다 했다. 생각해 보면 코노하나 저택은 서양식이라서 일본식 주거는 체험할 기회가 별로 없을지도 모른다.

"이건……?"

"유닛 배스야. 욕실과 화장실이 일체형이지."

"욕실……? 이, 움푹 들어간 건……?"

"그게 욕조야."

세면대 쪽으로 돌아간 수전을 욕조 쪽으로 돌리고, 시험 삼아 물을 틀어 봤다.

"아이용……?"

"안타깝게도 어른도 쓸 수 있어……."

이쪽은 놀라움보다 곤혹스러움이 더 컸나 보다.

조금 미안한 기분이 들었다.

"아가씨. 하루만 더 기다려 주신다면 바닥과 창문도 신품으로 교체할 수 있는데요……."

"괜찮아. 이츠키가 어떻게 살았는지, 나도 경험해 보고 싶어."

"알겠습니다."

히나코는 또다시 내 과거에 집착하는 것 같았다.

"저는 경호 미팅이 있으니, 잠시 자리를 비우겠습니다."

그렇게 말하고, 시즈네 씨는 현관에서 밖으로 나갔다.

뒤돌아서 거실을 본다.

시즈네 씨 말대로 집 청소는 했지만, 대규모 수리는 하지 않은 듯했다. 비용과 효과를 계산한 거겠지. 이미 지은 지 40년이나 지난 옛날 집이다. 전체 수리를 해도 입주 희망자가 쇄도할 것으로 생각하긴 어렵다.

아마도 문과 일부 천장만 수리한 거겠지.

바닥은 여전히 삐걱거린다.

"이츠키는…… 이 집에서, 어떻게 지냈어?"

"어떻게? 라고 물어봐도……."

대답하기 어려운 질문이었다.

하지만 문득 깨달았다. 허름한 다다미 바닥에 좌식 탁자, 외풍이 심한 창문에 빛바랜 장지문…… 여기에는 코노하나 저택에 없는 것이 많았다.

저택에 있을 때의 나와 이 집에서 살던 나는, 분명 전부 다를 것이다.

그렇게 생각하니 자연스럽게 말이 나왔다.

"부모님은 집을 자주 비웠으니까, 나는 집에서 혼자 있을 때가 많았어. 고등학교 때부터는 알바가 있어서 나도 집을 비울 때가 많았는데, 그때까지는 여기서 공부하거나 책을 보거나 했지."

책이라고 해도, 대부분 반 친구에게 빌린 만화지만.

걸으면서, 나는 바닥을 본다.

"여기 파인 부분은, 내가 어렸을 때 만든 거야. 이불을 깔려고 테이블을 치우려고 했는데, 떨어뜨렸거든."

그립다——.

과거의 추억에 잠기다 옆에서 히나코가 멍하니 있는 걸 눈치챘다.

"미안해. 이야기가 길어졌네. 이런 걸 들어도 시시하지?"

쓴웃음을 짓고 화제를 바꾸려고 했는데, 히나코는 고개를 가로젓는다.

"……더, 듣고 싶어."

히나코는 나를 가만히 보며 말한다.

"난…… 이츠키를, 더 알고 싶어."

(생활력 없음)

순수한 눈빛에 꿰뚫렸다.

진심으로 그렇게 생각하는 걸 알았다.

"그, 그래……?"

그렇다면 잘됐을지도 모른다.

하지만 이토록 순수하게 알고 싶다고 하면, 낯간지러운 기분이 든다.

"오래 기다리셨죠."

시즈네 씨가 집에 돌아왔다.

"그렇다면 먼저, 생활 공간을 정하죠."

◆

"저기, 그러면……."

30분 뒤.

나는 결론을 정리하고자 두 사람에게 말한다.

"시즈네 씨가 가져온 파티션으로 실내 공간을 둘로 나누고, 싱크대가 있는 쪽을 거실, 나머지를 침실로 할게요. 낮에는 시즈네 씨가 거실을 쓰고, 저와 히나코는 침실을 나눠서 사용합니다. 밤에는 제가 거실에서 자고, 히나코와 시즈네 씨는 침실을 쓰는 걸로 하죠."

히나코와 시즈네 씨가 고개를 끄덕였다.

실내 중앙에는 시즈네 씨가 미팅 상대에게 받아 온 듯한 커다란 파티션이 세워졌다. 이것으로 공간을 반씩 나눌 수 있다.

낮에 시즈네 씨가 거실을 쓰는 이유는, 주로 식사 준비 때문이다. 나와 히나코는 침실에 탁자를 두고 공부하거나 느긋하게 쉴 예정이다.

"저는 낮에 집을 비울 때가 많으니, 그때는 파티션을 치워도 돼요."

"시즈네 시, 바쁘세요?"

"네. 예정보다 일이 조금 늘었네요."

시즈네 씨는 담담하게 대답했다.

이럴 때, 조금도 싫은 내색을 안 보이는 것이 시즈네 씨답다. 코노하나 가문에서 일하는 메이드의, 프로 정신이 느껴진다.

"밤에는 반드시 귀가할 테니…… 이츠키 씨. 부디 이상한 일이 없기를 바랍니다."

"그, 그럴게요."

말할 나위도 없다.

코노하나 저택에서 생활하던 때도 일단 한 지붕 아래에서 지낸 셈인데, 이번에는 집이 좁아서 본격적인 동거 분위기가 난다. 시즈네 씨가 파티션을 준비한 것도, 그 분위기를 걷어내기 위함이겠지.

이 특수한 상황에 넘어가서 거리감을 착각하지 않도록 조심하자.

"혹시 모르니 이걸 두고 가죠."

그렇게 말하고, 시즈네 씨는 알약이 든 병을 꺼내 테이블에 놓았다.

~영애들이 다니는 명문 학교에서 제일가는 **아가씨**를 남몰래 돕는 시중 담당이 되었습니다~ 5

나왔다……!

성욕을 죽이는 약……!

오랜만에 보고 말았다. 시즈네 씨는 무슨 신경으로 이걸 챙겼을까…….

"이츠키……."

히나코가 내 옷자락을 잡고 시선을 들어 나를 봤다.

"시내, 안내해 줘."

"시내?"

"이츠키가 어떤 느낌으로 살았는지…… 많이 알고 싶어."

히나코는 서민 생활에 무척 집착하는 눈치였다.

"좋아. 그렇다면 내게 맡겨. 평소엔 내가 배우기만 하니까…….
오늘부터 한동안은 내가 서민 생활을 가이드해 줄게."

"오오……."

평소와 다르게 자신만만한 나를 보고, 히나코는 손을 작게 짝짝 쳤다.

다행히 이 동네라면 얼마든지 안내할 수 있다.

먼저 어디를 안내할까? 곧바로 계획을 짜고 있을 때, 시즈네 씨가 탁자 위에 종이 다발을 두었다.

"분위기가 좋은데 죄송하지만……아가씨, 카겐 님께서 평소처럼 일과를 수행하라고 하셨습니다."

"으엑……."

기선을 제압당한 히나코가 입술을 ㅅ자로 다물었다.

테이블에 놓은 대량의 종이 다발은 히나코의 숙제인 듯하다.

"……여름 방학인데."

"여름 방학이니까, 마지막까지 풀어지지 말라는 거예요."

일반적인 학생의 감성도 있는 나로서는 여름 방학을 진짜 마지막까지 즐기고 싶지만, 히나코는 천하의 코노하나 그룹 영애. 짊어진 책임이 더 이상의 휴식을 용납하지 않았다. 텐노지 양과 나리카도 비슷하겠지.

"저는 이만 일하러 가겠습니다. 이츠키 씨, 아가씨를 너무 봐주지 마세요."

내 마음속을 어렴풋이 간파했는지, 시즈네 씨가 신신당부했다.

문이 탁 닫힌 뒤, 히나코가 서글픈 얼굴로 나를 본다.

"이츠키…… 도와줘……."

"내가 할 수 있는 일이 있다면."

봐주는 건 아니지만, 이렇게 서글픈 얼굴로 보면 조금은 보탬이 되고 싶어진다.

(그러고 보니 히나코의 일과가 뭐지……?)

나는 예전에 학교가 끝나면 시즈네 씨에게 테이블 매너와 호신술 레슨을 받았고, 요즘에는 방에서 예습, 복습하게 되었다. 매너에 관해서는 텐노지 양에게 배움으로써 몸에 잘 뱄다고 평가받았는데, 사교계 출석이 정해질 때는 그 직전에 다시 레슨을 받을 때가 있다.

내가 그러는 동안, 히나코는 뭘 하고 있을까?

나는 시즈네 씨가 히나코에게 남긴 숙제를 집어서 확인해 봤다.

"이건…… 코노하나 그룹의 기업 정보야?"

"응. 장래를 대비해서, 지금부터 배우라고 했어."

영재 교육이란 건가.

장차 코노하나 가문에 조금이라도 공헌할 수 있도록, 지금부터 가르치는 것이리라.

"이쪽은, 그룹과 관계가 없는 회사의 자료네."

"다음에, 회식이 있으니까…… 머릿속에 넣어 두래."

회식에서 상대에게 결례가 없도록 미리 준비하라는 거겠지.

3개월 동안의 회식 일정과 각 상대 기업의 정보를 개요로 정리했다. 자료는 보기 좋지만, 이 양을 기억하려면 고생이 심할 것 같다.

"이건…… 헉?!"

곧바로 내가 봐서는 안 되는 자료라고 판단해서 눈을 돌렸다.

그것은 코노하나 그룹의, 최근 사업 내용을 상세히 기록한 자료였다. 진행 중인 안건 등도 자세히 목록화했다.

아무리 봐도 외부에 유출할 수 없는 내용이다. 가끔 업무를 돕는다고 하는 히나코라면 또 모를까, 고작해야 시중 담당인 내가 봐서는 안 된다.

(내가 할 수 있는 일이, 없어 보이는걸…….)

히나코는 이토록 어려운 걸 매일 공부하는 건가.

학교 수업과는 완전히 다르다. 이건 히나코를 위해 준비한, 히나코만의 과제다. 적어도 지금의 나는 거들 수 없다. 실력 이전에 신분의 차이가 돕지 못하게 한다.

"그나저나 이렇게 할 일이 많으면 시내를 안내하긴 어려울지도 모르겠어."

무심코 그런 말을 중얼거렸다.

시야 한구석에서 히나코가 움찔하고 반응한 기분이 들었다.

"상점가라든가. 여기저기 구경할 곳이 있었는데…… 어쩔 수 없지."

움찔움찔. 히나코가 반응하는 듯한 기분이 들었다.

"……두 시간, 기다려."

히나코는 천천히 숙제를 보고 말했다.

"금방, 끝낼 거니까……."

등 뒤에서 불길이 이글이글 타오르고 있었다.

◆

"여보세요, 시즈네 씨? 아, 아뇨. 잠깐 상의하고 싶어서요. 실은 히나코가 시내에 가 보자고 하는데, 제가 적당히 안내해도 될까요?"

몇 시간 뒤.

나는 시즈네 씨와 통화 중이었다.

"아뇨. 멀리 나가진 않아요. 근처에서 점심을 먹고, 상점가에 들르는 정도인데…… 일과 말인가요? 아뇨. 그게 벌써 끝났다고 해서…… 전부 끝냈대요. 전력을 다하면 이 정도는 여유롭다고, 본인은 그렇게 말하던데요……."

놀랍게도, 히나코는 일주일 치 과제를 두 시간 만에 끝냈다.

너무 빠르다고 생각해서, 나는 각 자료를 정말로 외웠는지 히나코에게 확인해 봤다. 결과는 모두 정답. 터무니없이 머리가 좋다.

가끔 잊을 때가 있지만, 히나코는 게으를 뿐 천재적인 실무 능력이 있다.

히나코는 코노하나 가문에서 태어나 생긴 책임과 의무에서 벗어나고 싶어 하지만, 이만한 능력이 있으면 카겐 씨도 놓치고 싶지 않겠지. 나도 그런 뜻으로 납득했다.

시즈네 씨와 통화를 마치고, 나는 스마트폰을 호주머니에 넣었다.

"허가, 받았어."

"아자."

히나코가 두 손을 불끈 쥔다.

"그나저나 고작 두 시간 만에 많이도 외웠네."

"칭찬해 줘."

"그래, 잘했어. 정말 대단해."

"므후……."

히나코가 자랑스러운 표정을 짓는다.

시즈네 씨가 통화를 끊기 직전에 한숨을 섞은 투로 '그렇다면 처음부터 전력을 다해 주세요.' 라고 말한 것은 일부러 히나코에게 전하지 않았는데, 참으로 지당한 의견이라고 생각했다.

"그러면 바로 외출해 볼까?"

"응!"

히나코는 기운차게 대답했다.

학교에 있을 때의 히나코와는 딴판일 정도로 천진난만한 분위기다.

"아, 맞다. 시즈네 씨가 만약을 대비해서 외출용 옷을 준비했다고 하니까, 그걸로 갈아입어."

"……이대로 가면, 안 돼?"

"그렇진 않겠지만…… 눈에 띌지도 몰라."

고급스러운 원피스를 차려입은 히나코는 간소하게 꾸민 까닭에 본인의 빼어난 원판이 두드러졌다.

미술관이나 프렌치 레스토랑에 가면 모를까, 이 차림으로 상점가를 걸으면 눈에 띈다.

"그러면, 갈아입을게."

"그래. 화장실에 거울이 있으니까 거기서 갈아입어 줘."

히나코는 고개를 끄덕이고 시즈네 씨가 챙긴 갈아입을 옷과 함께 욕조로 갔다.

(뭐랄까, 기분이 이상한걸…….)

처음에는 단순히 그리운 기분만 들었는데, 시간이 지나고 보니 여기가 내 집이라는 감각이 되살아났다.

그 집에 설마 또래 여자애를 데려오는 날이 올 줄이야…….

유리도 우리 집에는 들어온 적이 없는데.

"이츠키."

잠시 기다리자, 화장실 문이 열리고 히나코가 나왔다.

~영애들이 다니는 명문 학교에서 제일가는 **아가씨**를 남몰래 돕는 시중 담당이 되었습니다~ 5

(생활력 없음)

"다 갈아입었어?"

"응. 완벽해."

그렇게 말하고, 히나코는 반쯤 빙 돌았다.

완벽하진 않은걸……

밖으로 나온 하얀 셔츠와 축 늘어진 데님 바지의 벨트를 보고 생각한다.

"히나코, 만세."

"만세……"

"허리의 벨트는 이렇게 하고…… 이 셔츠는 아마도 안에 넣어서 입는 게 아닐까?"

히나코가 두 손을 들게 하고, 그동안 나는 데님 바지의 벨트를 조금 조였다.

마지막으로 셔츠를 데님 바지 안쪽으로 넣는다.

"어때……?"

히나코는 다시 자기 모습을 보여줬다.

윗도리는 하얀 셔츠. 품이 있으며, 가슴 언저리에는 수를 놓아서 넣은 로고가 있다. 아랫도리는 펑퍼짐한 데님 바지로, 기장이 발목보다 조금 위로 온다. 셔츠는 바지 안에 넣고, 여름에 걸맞게 시원시원한 차림으로 보인다.

"평소와 달라서, 좋은걸……"

히나코가 기쁜 눈치로 배시시 웃었다.

데님 바지를 입은 히나코는 정말 신선했지만, 잘 어울렸다.

조금은 수수한 차림이 되었지만, 빼어난 원판은 감추지 못할지도 모른다. 윤기가 도는 호박색 머리카락, 뽀얗고 고운 피부, 가냘파서 지키고 싶어지는 허리 라인. 애지중지 키워졌음을 잘 알 수 있는 고상한 분위기는 이루 감출 수가 없었다.

"자, 출발하자."

"응!"

히나코는 아까처럼 기운차게 대답했다.

히나코와 함께 현관에서 신발을 신는다.

이렇게 서민 사회 체험 투어의 막이 올랐다.

◆

"후오오……!"

히나코는 눈을 초롱초롱 빛내며 여기저기 둘러보고 있었다.

"이츠키, 이건 뭐야……?"

"상점가야. 작은 가게가 많이 모인 길이라고 할까."

눈에 익은 풍경을 막상 말로 설명하자니 의외로 어렵다.

먼저 나는 히나코를 역 앞 상점가로 안내해 봤다. 시중 담당으로 일하기 시작한 지 벌써 4개월. 히나코 같은 상류층 자녀들이 이렇게 잡다한 곳을 잘 모른다는 건 알고 있다. 예상대로 히나코는 눈앞에 펼쳐진 풍경을 무척 신기해했다.

"이 상점가는 내가 다니던 고등학교의 통학로에 있어. 방과 후에는 항상 군것질하는 사람이 있었지."

물론 나는 돈이 없어서 꾹 참았지만…….

(생활력 없음)

"사, 사람이, 많아……."

"정말이네. 생각보다 많은걸."

다만 지금 시각은 오전 11시.

상점가에는 주부들이 많았다. 혼잡할 정도는 아니지만, 청과점 계산대 앞에 줄이 생기고, 편의점 앞에는 자전거가 여러 대서 있다.

(그나저나 너무 많은 것 같은데…….)

한동안 멀어져 있었다고 해도, 나도 원래는 이 동네 주민이다.

그래서 지금의 상점가가 평소보다 혼잡한 걸 알았다.

이 시간대는 어느 집에서든 슬슬 점심을 준비하기 시작할 즈음이다. 원래라면 음식점 말고는 별로 혼잡하지 않아야 할 텐데…….

"음……?"

나는 문득 정면에 있는 서점을 봤다.

안에 있는 남자가 서가에 있는 책을 집어서 훑어보고 있다.

저 남자는…… 어디선가 본 것 같은데.

"……."

"……."

말없이 쳐다보니 남자의 뺨에서 식은땀이 흘렀다.

나는 해답을 찾았다.

코노하나 가문의 경호원이다.

곧바로 주위를 둘러봤다. 그러자 노골적으로 시선을 피하는 사람이 최소 다섯 명.

보아하니 우리 주위에는 경호원이 잔뜩 잠복한 듯하다.

"이츠키? 무슨 일 있어……?"

"아니, 아무 일도 없어……."

딱딱한 분위기를 질색하는 히나코에게 이 사실을 전했다간 분위기만 망치겠지.

적당히 얼버무리자, 경호원들이 가슴을 쓸어내렸다.

"여기는…… 고기 파는 가게야?"

히나코가 바로 옆에 있는 가게로 시선을 돌린다.

진열대에 있는 고기를, 히나코가 빤히 봤다.

"……싼 것, 같아."

금전 감각에 자신이 없는지, 히나코는 단언하지 않았다.

"그야 평소 먹는 것과 비교하면 말이지. 그래도 맛있어."

고기를 자주 먹을 수 있는 생활은 아니었지만, 가끔 여기서 고기를 사서 먹었다. 잡다한 조미료로 간을 봐서 굽기만 했는데도 맛있었던 기억이 있다.

히나코의 관심이 옆 가게로 넘어간다.

"여기는…… 채소를 파는 가게야?"

"그래. 팔백점이라고도 하는데."

"팔백……?"

히나코가 고개를 갸웃한다.

그러고 보니 왜 채소가게를 팔백점이라고 하는 걸까? 글자만 봐서는 팔백만신이 떠오르는데…… 다음에 생각날 때 조사해 보자.

진열된 채소를, 히나코는 차근차근 구경했다.

"좋아하는 거라도 있어?"

"······채소는, 싫어."

그러고 보니 그랬다.

"그러고 보니 히나코는 뭘 좋아하더라?"

"감자칩······!"

"그건 과자니까 제외하고······."

"아이스크림······! 그리고 콜라······!"

"그것도 제외하고······ 히나코, 앞으로는 채소도 잘 먹자."

'어째서?!' 라고 말하는 것처럼 히나코가 눈을 휘둥그레 뜨고 나를 봤다.

시즈네 씨만큼은 아니어도, 나도 히나코의 식생활이 불안해지기 시작했다.

"그것 말고는······ 별로 없을지도."

"그런가······."

함께 식사할 때 가끔 '맛있어' 라고 중얼거릴 때가 있으니까 호불호는 있겠지. 다만 지금은 이거다 할 정도로 제일 좋아하는 게 없나 보다.

"오, 이츠키 아니냐!"

그때 가게 안쪽에서 누가 말을 걸었다.

오이를 한 손에 든 채소가게 주인이 나를 보고 있었다.

"오랜만이네! 요새 얼굴을 못 봤는데, 잘 지내는 것 같잖아!"

"오랜만이에요. 요새는······ 조금, 여러모로 바빠서요."

말하자면 길어지니까 생략한다.

그러자 히나코가 내 옷자락을 슬쩍 잡아당겼다.

"이츠키, 이 사람은 누구야……?"

"여기 주인이야. 내가 옛날에 알바할 때 신세를 진 분이기도 해. 고1 초였던가? 여기서 한동안 일했어."

히나코에게 설명하자 주인이 흥미로운 기색으로 나를 보는 게 느껴졌다.

"아항. 그랬군. 여러모로 바빴겠구먼."

"그런 의미가 아니에요."

"숨기지 않아도 되잖아. 이츠키도 남자가 다 됐구먼."

주인이 찰싹찰싹 등을 때린다.

멋쩍은 기분이 들어서, 채소가게에서 후퇴했다.

그러나 그 뒤로도 비슷한 일이 계속 생겼다.

"어머, 이츠키? 오랜만이구나!"

"아, 안녕하세요. 오랜만이에요."

약국 종업원이 일부러 가게 밖으로 나와서 내게 말을 걸었다.

"오오, 이츠키냐! 오랜만이네. 뭐라도 사 가!"

"죄송해요. 다음에……."

생선가게 주인이 물고기가 든 상자를 나르며 말을 걸었다.

그 밖에도 서점 직원과 100엔숍 아르바이트 리더가 나를 보자마자 다가와 말을 걸었다. 하나같이 교류한 적이 있었던 사람들이다.

무난하게 인사한 뒤, 조금 떨어져 차분해질 시간을 만든다.

"예상보다 말을 거는 사람이 많은걸……."

히나코를 안내하려고 했는데, 내 인사만 하고 말았다.

조금 미안하다.

"이츠키…… 무척, 유명인?"

"유명인은 아닌데…… 뭐, 이 주변에서 자주 일했으니까."

상점가는 인간관계의 범위가 넓다. 그래서 내가 어느 한 가게에서 일하고 '알바로 돈을 더 벌고 싶다'라는 소리를 하면 순식간에 그 소문이 퍼져서 다양한 일자리를 소개받게 된다. 어느새나는 채소가게, 서점, 약국, 음식점 등에서 일하게 되었다.

"상점가는 상부상조 정신이 강해."

"상부상조……?"

"그래. 실제로 직원으로 일해 보면 알지만, 여기서 사는 사람들은 여러 가지를 공유해. 예를 들어서 상점가에 손님들 발길이 뜸해지면 여기 가게가 있는 사람들이 모두 곤란해지잖아? 그러니까 단결해서 상점가의 분위기를 띄우는 거야. 정육점에서 생선가게를 선전할 때도 있고, 손이 비는 사람이 상점가 정보를 모은 전단지를 돌릴 때도 있어."

참고로 나는 그 전단지 제작을 거든 적이 있다.

"고락을 함께하는 공동체라고 하면 알아듣기 쉬울까. 상점가 사람들끼리 넓고 끈끈하게 교류하니까, 일단 한식구가 되면 가볍게 말을 거는 거야."

"……왠지, 따스해."

"그래. 사람의 정을 느끼는 건 반가운 일이지."

말을 거는 사람이 있을 때마다 떠올린다. 나는 정말로 여기서 살았다고. 내가 있을 곳이 여기에도 있다는 것을 재확인한 나는, 말로 표현할 수 없을 정도로 마음이 편해졌다.

"조금, 부러울지도."

히나코는 상점가에서 일하는 사람들을 쳐다보면서 말했다.

"내가 아는, 어른들은…… 더, 타산적이니까."

"사교계 같은 데서 보는 사람들 말이야?"

히나코는 "응." 하고 작게 끄덕였다.

히나코의 주변 어른들은 하나같이 규모가 큰 기업이나 조직의 정점에서 군림하는 사람들이다. 하나의 조직이 그만한 경제력을 손에 넣으려면 동종업계 경쟁에서 승리할 필요가 있다. 그리고 무엇보다 '경쟁에서 승리하고 싶다' 라고 하는 경영자의 강한 의지가 존재한다. 상점가 사람들도 때로는 경쟁에 내몰릴 때가 있겠지만, 히나코의 주변 어른들은 모두가 업계의 제일선에서 대규모 자금과 인재를 걸고, 치열한 경쟁에 임하는 사람들이다. 거는 것의 규모가 다르고, 그게 클수록 신중하게…… 즉, 타산적이 되기도 한다.

굳이 물어보진 않았지만, 히나코가 떠올리는 타산적인 어른에는 카겐 씨도 포함되겠지.

어느 쪽 삶이 더 옳은지. 미숙한 내 머리로는 해답을 찾을 수 없었다.

"이츠키도, 이런 분위기가……."

"이츠키, 너! 돌아왔구나!"

~영애들이 다니는 명문 학교에서 제일가는 **아가씨**를 남몰래 돕는 시중 담당이 되었습니다~ 5

히나코가 뭔가 말하려고 했을 때, 바로 뒤에서 우렁찬 목소리가 들려왔다.

깜짝 놀란 히나코가 어깨를 들썩인다.

뒤돌아본 곳에는 잘 아는 미용실 주인이 있었다.

"오? 미안해, 어린 아가씨. 놀라게 해서. 나는 목청이 크거든."

"괘……괜찮아, 요."

미용실 주인의 사죄를, 히나코는 가슴 언저리에 손을 대며 받아들였다.

대수롭지 않은 대화를 마치고 미용실 주인과 헤어진 뒤, 히나코는 작게 입을 열었다.

"……역시, 부럽진 않을지도."

"하하하…… 그야, 이 거리감은 좋은 나쁘든 독특하니까."

실제로 이 끈끈한 관계를 꺼리는 사람도 적잖이 있다. 좋게 말해서 끈끈한 관계라도, 나쁘게 말하면 간섭이 심한 거다. 거리감의 호불호는 사람마다 다르고, 특히 내성이 없는 히나코는 저들이 너무 무례하게 느껴지기도 하리라.

그때, 옆에서 꼬르륵 소리가 났다.

"……배, 고파."

히나코가 자기 배를 손으로 쓸면서 말했다.

상점가에는 다양한 음식점이 있다. 가게에서 풍기는 카레나 국수 냄새를 맡으니 나도 속이 출출한 느낌이 들었다. 시간은 슬슬 낮 12시. 점심을 먹어도 될 시간이겠지.

그러고 보니 조금만 더 가서…… 상점가에서 빠져나가는 곳에는 그게 있을 것이다.

"소고기 덮밥집에 갈까."

"소고기 덮밥, 집……?"

히나코가 고개를 갸웃했다.

왠지 그렇게 반응할 것 같았던 나는 히나코를 안내했다.

◆

누구나 아는 덮밥 체인점에, 히나코와 함께 들어간다.

걷다 보니 뜨거워진 몸을, 딱 좋은 냉방이 식혀 주었다.

"먼저 여기서 식권을 사는 거야."

내가 먼저 소고기 덮밥의 보통 사이즈 식권을 사서 시범을 보여줬다.

"오오…… 최첨단."

시대의 최첨단을 짊어진 코노하나 그룹 영애가 할 소리는 아니다.

"히나코는 뭘 먹을래?"

"이츠키랑, 같은 걸로 할래."

그렇게 말한 히나코는 백에서 지갑을 꺼냈다.

그러나 지갑에서 나온 것은 동전이 아니라 검정 신용카드였다. 히나코는 그것을 지폐 투입구에 넣으려고 한다.

"아니, 카드 말고! 여기에 동전을 넣는 거야."

"……그렇구나."

~영애들이 다니는 명문 학교에서 제일가는 **아가씨**를 남몰래 돕는 시중 담당이 되었습니다~ 5

(생활력 없음)

히나코는 동전을 넣고 무사히 식권을 살 수 있었다.

이래선 동전을 쓰는 방법도 모르지 않을까 불안했지만, 아무리 그래도 그 정도는 알고 있었나 보다. 나리카도 개인적으로 막과자를 사고 있으니까, 돈을 쓰는 방법 자체는 아는 듯하다.

생각해 보니 키오우 학원에는 식권 자판기가 없다. 자리에 앉기만 해도 종업원이 알아서 찾아오고, 간단히 주문할 수 있기 때문이다. 음료수 자판기도 없다. 어쩌면 상류층 자녀는 기계 도입에 따른 자동화에 익숙하지 않을지도 모른다.

"주문하신 거 나왔습니다~."

카운터 자리에서 기다리고 있자 점원이 소고기 덮밥 2인분을 가져왔다.

나는 일회용 나무젓가락을 챙겨서, 하나를 히나코에게 줬다.

그러나 히나코는 눈앞에 놓인 그릇을 가만히 바라볼 뿐, 먹으려고 하지 않는다.

"왜 그래?"

"먹는 법…… 몰라."

코노하나 가문의 영애에게, 소고기 덮밥이란 음식은 너무 미지의 물체인 듯하다.

"이런 건 자기 마음대로 먹으면 돼."

일회용 나무젓가락을 쪼개고, 나는 손을 맞댔다.

"잘 먹겠습니다."

좌우지간 시범을 보여주려고, 나는 소고기 덮밥을 먹었다. 고기와 쌀밥을 젓가락으로 뜨자 쌀알이 풀어져 떨어지려고 한다.

잽싸게 젓가락을 입에 넣자 고기의 진한 맛이 퍼졌다.

요새는 우아하게 식사해서 이런 식사를 순수하게 맛있게 느낄 수 있을지 불안했지만, 평범하게 맛있다. 오히려 오랜만에 먹어서 한층 맛있게 느껴진다. 아무래도 내 혀는 각각의 맛을 구별할 수 있는 것 같다.

내가 먹는 걸 보고, 히나코도 마침내 그릇에 젓가락을 뻗었다.

"으, 으으으으……."

신중하게, 폭탄을 다루듯, 히나코는 젓가락으로 뜬 쌀밥과 고기를 입으로 가져간다.

마침내 그 젓가락을 작은 입에 머금더니——.

"응~~~~~~……!"

히나코는 아무 만족스럽게 신음했다.

"맛있나 보네."

"맛있어…… 최고……!!"

여전히 저렴한 맛을 좋아하는 것 같다.

히나코의 기분은 단숨에 최고조에 달했다.

"이츠키, 이건 뭐야……?!"

"홍생강 말이야? 같이 먹으면 맛있어."

"이건……?!"

"그냥 물이야."

눈에 띄는 것 전부가 보물처럼 보이는 듯하다.

좋은 경험이 된 것 같아서 다행이다.

"아아…… 이 기름기, 감자칩보다 배덕적이야…………."

38 · 아가씨 돌보기
~영애들이 다니는 명문 학교에서 제일가는 **아가씨**를 남몰래 돕는 시중 담당이 되었습니다~ 5

(생활력 없음)

히나코는 황홀한 표정을 짓고 중얼거렸다.

이거, 괜찮을까……?"

좋은 경험을 시키려고 했는데, 조금 위험한 낌새가 들었다.

히나코가 이런 표정을 짓게 하다니…… 시즈네 씨한테 죽지 않을까?

불안을 느끼며 행복해하는 히나코의 얼굴을 보고 있을 때, 입가에 소스가 지저분하게 묻은 걸 눈치챘다.

"히나코, 잠깐 여기를 봐봐."

종이 냅킨을 집으며 말한다.

"입가에 묻었잖아."

"으으…… 헤헤."

히나코의 입가에 묻은 소스를 닦았다.

어린아이처럼 히나코의 표정이 부드럽게 풀린다.

그런 우리를── 다른 손님들이 말없이 쳐다보고 있었다.

수없이 꽂히는 시선을 느끼고, 제정신을 차린다.

아뿔싸…… 주목받고 말았다.

"스, 슬슬 나갈까?"

"응."

종종 잊을 뻔하지만, 히나코는 열이면 열 모두가 시선을 줄 만큼 예쁘장하게 생겼다. 안 그래도 눈에 띄기 쉬운데 이런 행동을 보이면 주목받는 것도 당연하다.

우리는 도망치듯 가게를 나서고, 다시 적당히 걷기 시작했다.

"처음 먹어 본 소고기 덮밥은 어땠어?"

"내가, 가장 좋아하는 음식으로 삼을래······!"

히나코는 눈을 빛내며 말했다.

참 서민적인 것이 가장 좋아하는 음식이 되고 말았다. 사교계 같은 데서는 절대로 말하지 않도록 나중에 잘 당부해야지.

"소고기 덮밥······ 맛있었어. 그리고 편했어."

"편해?"

"응. 매너 같은 거, 신경 쓸 필요가 없으니까."

히나코에게 매너를 일절 신경 쓰지 않고 식사하는 자리는 무척 귀중할지도 모른다.

앞으로 한동안 매너를 의식하지 않아도 되는 식사가 늘어나겠지. 그건 히나코에게 매우 기쁜 일이겠지만······ 조금 걱정되기도 한다.

"나도 요즘에야 의식하게 됐으니까 남 말을 할 처지가 아니지만, 매너를 잊으면 안 돼."

"응. 그건, 알아."

히나코는 차분한 얼굴로 대답했다.

"매너를 잊는 바람에 이츠키랑 멀리 떨어질 뻔했으니까······ 또 그러고 싶지 않아."

히나코가 뭘 말했는지, 나는 금방 알아챘다.

3개월 전 일이다. 히나코는 조선회사 임원들과 식사했는데, 장난으로 가르쳐 준 3초 룰을 무심코 실천하고 말았다.

그때 일은 히나코도 반성한 듯하다.

물론 나도 반성하고 있다.

"서로, 조심해야지."

"응."

상류층의 책임은 중대하다. 이런 가냘픈 몸으로 짊어지긴 힘들겠지.

그러니까 나도 조심한다. 히나코의 부담이 조금이라도 가벼워질 수 있도록.

"자, 시간은 아직 남았는데……."

스마트폰으로 시간을 확인한다.

"더 놀고 싶어……!"

"좋아. 그러면 소화도 할 겸 공원에서 산책할까."

◆

저녁놀에 물든 시내를 보며, 우리는 집으로 들어간다.

"후혜……."

신발을 벗은 히나코는 곧장 거실 방석에 누웠다.

"피곤해?"

"응."

아침에는 이 집까지 차로 이동했고, 낮부터 지금까지는 쭉 밖을 걸었다. 실내파인 히나코에게 오늘 활동량은 많았으리라.

(나는…… 별로 안 피곤하네.)

체력도, 정신도, 아직 여유가 있다.

저택에서 지낼 때는 공부와 사용인 일로 정신과 몸을 매일 혹

(생활력 없음)
~영애들이 다니는 명문 학교에서 제일가는 **아가씨**를 남몰래 돕는 시중 담당이 되었습니다~ 5

사했다. 그것과 비교하면 오늘 일정은 매우 널널하다.

아주 조금—— 허전함을 느꼈다.

오늘 하루, 오랜만에 서민 생활을 함으로써, 나는 평소 생활을 다시 객관적으로 볼 수 있었다. 서민의 삶과 상류층의 삶, 각각 명확한 차이가 있다. 다만 그 차이도, 깊이 생각해 보면 엄연히 의의가 있음을 알 수 있다.

이건 낮에 소고기 덮밥집에 갔을 때도 생각한 것이다.

키오우 학원은 세간보다 아날로그 스타일을 강요받을 때가 많다. 식권 자판기가 없다는 것이 좋은 예다. 키오우 학원에서 뭘 먹으려면 근처에 있는 종업원에게 말을 걸 수밖에 없다.

얼핏 보면 불편한 시스템이지만, 잘 생각해 보면 결코 나쁜 것이 아님을 깨달을 수 있다.

키오우 학원 학생들은 장차 사람들 위에 서는 경우가 많다. 그렇다면 다른 사람과의…… 특히 부하와 접하는 방법을 배우는 게 중요하겠지. 이상한 지시를 내리거나 오만방자한 태도를 보였다간 구심력이 약해진다. 반대로 사람을 올바르게 쓸 수만 있다면 기계 도입에 따른 자동화를 웃도는 편의성을 누릴 수 있다. 키오우 학원에서는 식사할 때 그걸 배울 수 있는 것이다. 종업원에게 주문하는 태도에서도 상대의 품격을 엿볼 수 있다.

키오우 학원은 다양한 경험에서 배울 수 있는 환경을 갖췄다.

그것은 상류층 사람들의 근면함을 잘 드러냈다.

(내가 생각해도 시야가 참 넓어졌어.)

고작 몇 달밖에 다니지 않은 학교지만, 모두를 따라가려고 필사적으로 애쓴 덕분인지 지금껏 얻을 수 없었던 견식이 몸에 밴 것을 실감한다.

의의를 알면 진지하게 임하고자 하는 마음도 생긴다.

조금은 그 학교에서의 일상이 그리워진 걸지도 모른다.

과거를 돌이켜 보고 감상에 젖었을 때, 호주머니에 있는 스마트폰이 진동한다.

시즈네 씨가 전화한 것을 알리는 신호다.

"시즈네 씨? 무슨 일 있나요?"

『죄송해요. 이쪽 일이 생각보다 지연되어서요. 귀가가 늦어질 것 같아요. 저녁 식사 준비를 맡겨도 될까요?』

"괜찮아요. 여차하면 배달을 시키면 되고요."

『고맙습니다. 만약 직접 차릴 거라면, 냉장고에 있는 재료는 자유롭게 써도 됩니다.』

"알겠습니다."

통화를 마친다.

시즈네 씨의 목소리가 평소보다 지친 것 같았다. 그렇다면 하다못해 요리 정도는 내가 담당하자.

냉장고를 열어 보니 다양한 재료가 있었다.

딱 봐도 고급인 재료도 있지만, 내 손에 벅차므로 평범한 재료만 꺼낸다.

양파, 당근, 감자, 고기.

(카레라도 할까…….)

조미료 선반에는 카레 루가 있었다. 이걸 본 순간, 메뉴를 정했다.

점심은 소고기 덮밥이어서 영양이 편중되는 게 걱정이다. 채소를 많이 넣자.

부엌칼과 감자칼을 찾고 있을 때, 히나코가 타박타박 발소리를 내고 다가왔다.

"이츠키…… 뭐 해?"

"시즈네 씨가 늦게 올 것 같아서, 저녁을 하려고."

도마를 꺼내며 설명한다.

"……나도, 같이 할래."

"히나코도?"

그건 조금 위험하지 않을까? 왠지 불안하지만, 히나코는 자신만만한 기색으로 두 손을 허리에 댔다.

"요리는, 여름 강습에서 경험했어."

히나코가 당당하게 가슴을 편다.

바비큐를 요리라고 할 수 있을까……?

"저기, 그러면 껍질 벗기는 걸 부탁해도 될까?"

"나만 믿어……!"

칼을 안 쓰고, 불도 안 쓰는 일은 껍질 벗기는 일밖에 없다.

감자칼 쓰는 법은 바비큐 때 가르쳐 줬으니까, 괜찮겠지.

"히나코. 단맛과 매운맛, 뭐가 좋아?"

"응…… 단맛."

"알았어. 그러면 추가 재료로 이걸……."

나는 냉장고 안에서 찾아낸 것을 냄비에 넣었다.

"초콜릿?"

"그래. 이걸 넣으면 달고 감칠맛이 나서 맛있다고, 유리가 가르쳐 줬어."

"오오…… 기대돼."

유리가 말하길, 카레는 조금만 손대면 얼마든지 맛을 조절할 수 있으니까 결정적인 비법을 찾는 것보다도 먹는 사람의 입맛에 맞춰 맛을 조절하는 게 좋다고 한다. 참고로 유리가 몇 번인가 시험해 본 결과, 나는 된장을 좋아한다는 것이 판명됐다.

"히나코, 거기 있는 감자를 이리 줄래?"

"응. 당근 껍질 다 벗겼어."

"고마워. 거기 둬."

히나코와 단둘이서 요리한다.

왠지 부부의 대화 같다──는 감상은 필사적으로 참았다.

히나코가 준 채소를 썰고, 냄비에 넣는다.

당근 껍질을 다 벗겼다고 하니까, 손을 뻗는다.

딱, 하고 히나코와 어깨가 닿았다.

"미, 미안해."

"……으, 이."

히나코가 얼굴을 붉히고 이상한 소리를 냈다.

주방이 좁아서 어쩔 수 없이 거리가 가까워진다. 여기는 코노하나 저택도 아니고, 넓은 백사장도 아니다.

한 번 의식하면 자꾸 신경이 쓰인다. 아까만 해도 문제가 없었는데, 옷이 스치기만 해도 서로 손을 멈추게 되었다.

~영애들이 다니는 명문 학교에서 제일가는 **아가씨**를 남몰래 돕는 시중 담당이 되었습니다~ 5

히나코는 고개를 숙이고 말없이 채소 껍질을 벗긴다.

나도 낯간지러운 기분을 참으며 채소를 썰었다.

◆

"잘 먹었습니다."

무사히 완성한 카레를, 히나코와 함께 맛있게 먹었다.

"만, 족……!"

"잘됐네."

평범한 맛이지만, 히나코는 만족해 준 듯하다.

배가 차면 졸음이 온다. 조금 누울까 하는 생각이 잠깐 들었지만, 시즈네 씨가 슬슬 올지도 모르니까 참는다.

"TV라도 켤까."

근처에 있던 리모컨을 집어서 최신 슬림 TV를 가리킨다. 시즈네 씨가 마련해 준 가전제품 중 하나다.

TV를 켜자 뉴스가 나왔다.

"그러고 보니 히나코는 TV를 봐?"

"응…… 별로."

옆으로 누운 히나코가 머리를 내 무릎 위에 올린다.

애교를 부리는 고양이 같다.

이런 건 의식하지 않을 수 있는데 말이지…….

주방에서 어깨가 닿았을 때는 분위기가 어색했지만, 무릎베개를 해줄 때는 어째서인지 서로 차분하다. 익숙해서 그럴까?

~영애들이 다니는 명문 학교에서 제일가는 **아가씨**를 남몰래 돕는 시중 담당이 되었습니다~ 5

히나코의 머리를 쓰다듬으며 별로 관심도 없는 뉴스를 본다.

『다음 뉴스입니다. 코노하나 전기는 최근 새로운 첨단 광학 위성의 개발을 발표하고…….』

아나운서의 입에서 코노하나란 말이 나온 순간, 히나코는 눈을 감았다.

"이런 게, 있으니까."

"그렇군…….."

개인적인 시간 정도는 집안을 잊고 싶은 거겠지.

"하지만…… 학교에서는 TV를 보는 사람도 많아."

"그래?"

"뉴스에서 배울 것도 있으니까. 아빠는, 기왕이면 보라고 했어."

세간의 지식을 배우려면 뉴스가 딱 좋겠지.

그러나 히나코는 오늘 아침, 맹렬하게 의욕을 불태워 일주일치 과제를 해치웠다. 시즈네 씨는 봐주지 말라고 했지만, 오늘 정도는 공부를 잊어도 괜찮으리라.

"그러면 버라이어티 방송을 볼까."

채널을 바꾼다.

일단 옛날 우리 집에도 TV는 있었다. 물론 이런 최신 TV가 아니라 아버지가 중고로 싸게 산 거지만.

그리고 보니 이런 방송도 있었던가…….

아르바이트를 쉬는 날에는 어머니와 함께 집에서 부업을 하면서 TV를 봤다. 그때도 이런 방송이 나왔을 것이다.

그러나 사회자가 내가 아는 연예인이 아니다. 어느새 교체했나 보다.

그러고 보니 나도 저택에서 살게 된 뒤로는 한 번도 TV를 보지 않았다. 학습용으로 노트북 PC를 받아서 최신 소식만큼 충분히 알 수 있었다.

시내에서 걷던 때도 경치가 달라진 것을 여러 번 확인할 수 있었다. 가게 간판이 새것으로 바뀌거나, 도로의 색이 바뀌거나. 이 동네는 조금씩 확실하게 변화하고 있다.

앞으로 나는 조금씩, 지금껏 알던 것도 모르게 될 수 있다.

"……이츠키는, 이런 느낌으로 살았어?"

내 무릎을 베고 누운 히나코가 조용히 물어봤다.

"뭐, 그렇지. 대체로 이런 느낌이야."

"……그렇구나."

히나코가 내 말에 간단히 답한다.

단순히 졸린 걸지도 모르지만, 왠지 고민하는 얼굴로 보였다.

"어째? 서민 생활은."

"……즐거워."

몸을 뒤척이며 히나코가 대답한다.

"다들, 나를 너무 안 보니까. 무척 편하고 지내기 좋아."

히나코는 내가 상상한 것보다 더 즐겁게 지낸 듯했다.

그러나 다들 히나코를 안 봤다는 건 말이 안 된다. 이렇게 예쁘게 생긴 소녀는 좀처럼 없다. 히나코는 평범하게 주목받았다. 다만 시선의 질이 다르니까 눈치채지 못한 거겠지. 흥미나 관심

~영애들이 다니는 명문 학교에서 제일가는 **아가씨**를 (생활력 없음) 남몰래 돕는 시중 담당이 되었습니다~ 5

의 의미에선 시선을 끌었지만, 평소처럼 좋은 집안의 아가씨로서 행동하길 기대하는 시선은 없었다.

"그리고…… 따스해."

히나코는 부드럽게 미소를 짓고, 감동한 듯이 말한다.

"상점가에서도 그런 소리를 했었지."

"응. 다들, 이츠키를 좋아하는 것 같았어."

나를? 나는 고개를 갸우뚱했다. 히나코가 말을 잇는다.

"다양한 사람이, 이츠키에게 말을 걸었어. 이츠키는, 그게 상점가의 거리감이라고 겸손하게 말했지만…… 이츠키니까, 다들 그렇게 말을 건 것도, 있을 거야."

그렇게 말하면 겸손을 떨기도 어려워진다.

하지만, 그렇다면——.

"히나코도……."

나를 똑바로 보는 히나코에게 말했다.

"옛날엔 달랐을지도 몰라. 하지만 지금은, 히나코도…… 따스하지 않을까?"

텐노지 양, 나리카, 아사히 양, 타이쇼. 지금의 히나코는 생판 모르는 남들보다도 아주 조금이나마 마음을 허락할 수 있는 상대가 생겼을 것이다.

연기가 피곤한 건 사실이리라.

하지만 히나코의 곁에 있는 나라서, 그 변화를 눈치챘다. 히나코는 그들과 있을 때, 평소보다 긴장을 늦출 수 있다.

"……그럴지도."

히나코는 안심한 듯이 미소를 지었다.

"전부, 이츠키 덕분."

"그렇지 않잖아."

"아니야…… 이츠키 덕분."

그 시선을 내리고, 히나코가 말한다.

"그런데도, 나는……."

히나코는 잠시 입을 다물고 침묵했다.

아까만 해도 즐거워 보였는데, 갑자기 침울해진 기색을 보였다. 왜 그런 태도를 보이는지, 나는 전혀 짚이는 구석이 없다.

"이츠키는, 이런 생활이 좋아……?"

"그러게. 이건 이것대로 좋아."

좋다고 할까, 익숙하다고 할까.

옛날 같은 가난뱅이 생활이 좋다는 게 아니다. 다만 이렇듯 잡다한 분위기가 나는 동네에서 오늘처럼 사는 것도 나쁘진 않겠지.

"돌아가고 싶다는, 생각은…………."

작게, 히나코가 뭔가 말하려고 했다.

하지만 기어들어가듯 작은 목소리는 끝까지 이어지지 않고, 히나코는 다시 입을 다문다.

"히나코?"

"……아무것도 아니야."

뒹굴. 히나코는 몸을 굴리고 내 무릎 위에서 내려왔다.

그대로 천천히 몸을 일으킨다.

(생활력 없음)

"목욕, 할래."

"그래. 그러면 물을 받아야겠네."

화장실에 들어가 욕조에 물을 받는다.

물은 금방 찰 것 같다. 히나코는 느릿느릿 가방 안에서 갈아입을 옷을 꺼내고, 화장실로 가려고 한다.

"……이츠키?"

히나코는 문득 나를 돌아보고, 의아한 듯한 표정을 지었다.

"왜, 안 갈아입어?"

"어?"

"목욕, 같이……."

"아니, 그건 좀……."

지극히 당연한 투로 말하는 히나코에게, 나는 이마를 손으로 짚고 대답했다.

"저기, 오늘은 관두자. 이 집은 욕조가 좁으니까."

"으……."

히나코는 볼을 부풀리고 불만을 드러냈지만, 이윽고 체념한 듯이 고개를 끄덕였다.

"그러면…… 머리만, 감겨 줘."

그렇게 말하고, 히나코는 평소처럼 수영복을 챙겨서 화장실로 갔다.

문 너머에서 옷이 사락사락 스치는 소리가 들렸다. 잠시 후, 물이 첨벙거리는 소리가 난다. 의식하지 않는다. 의식하면 안 된다……. 나는 TV 볼륨을 높이고 별로 관심도 없는 버라이어티 방송을 응시했다.

"이츠키······."

"알았대도······."

내 마음도 모르고, 히나코는 태평하게 나를 불렀다.

문을 열자 히나코가 느긋하게 욕조에 몸을 담그고 있었다.

"그러면, 머리······ 감겨 줘."

"그래. 그 전에, 먼저 물을 빼야지."

유닛 배스의 물을 넣은 채로 몸을 씻을 수 있는 구조가 아니다. 욕조의 물마개를 빼고, 나는 샤워기를 손에 들었다.

"눈 감아."

"응."

머리카락이 아직 안 젖어서, 샤워기로 물을 뿌려 적신다.

이대로 감겼다간 내 손과 옷이 물과 거품으로 범벅이 될 것 같지만······ 뭐, 그 정도는 괜찮겠지. 옷과 몸도 나중에 씻으면 될 일이다.

욕조 가장자리에 걸터앉아 히나코의 머리를 감겼다.

자세가 조금 힘들다.

"씻어낼게."

"응······."

머리를 감기고 샴푸를 씻어낸다.

욕조는 좁지만, 샴푸 등의 비품은 시즈네 씨가 완벽하게 마련해 주었다. 다음엔 뭘 쓰면 될지 찾아보자······.

"뜨거워······."

히나코가 신음하듯 말했다.

듣고 보니 나도 뜨겁다. 물 온도가 아니라 실내 기온이. 평소 널찍한 욕조를 써서 의식하지 않는데, 이곳은 좁아서 열기가 차기 쉽다.

저택 욕실과는 느낌이 다르다. 환기도 잘 안 되는 것 같았다.

"괜찮아? 지금, 물을 차갑게 해서……."

"안 돼…… 나갈래……."

히나코가 한계인 듯해서, 나는 곧장 바닥에 수건을 깔았다.

"저기, 으헉?!"

거실에 나간 순간, 히나코가 몸을 내게 기댔다.

히나코의 몸을 따라서 물방울이 내 이마에 떨어진다.

완전히 열이 오른 히나코는 눈을 감고 나른하게 있었다.

좌우지간 에어컨을 켜고, 차가운 물을 준비하자. 그렇게 생각했을 때.

"다녀왔어요."

현관문이 열리고, 시즈네 씨의 목소리가 들렸다.

시즈네 씨는 신발을 벗고—— 수영복 차림인 히나코를 품에 안은 나를 보더니, 눈에서 빛이 사라졌다.

"짐승."

"아니에요."

◆

그날 밤.

탁자를 구석으로 치워서 세 사람이 쓸 이불을 깔고, 취침하려고 불을 끈 다음.

"저기……."

어둠 속에서 몸을 구석 벽에 붙이며, 나는 말했다.

"저만 너무 구석 아닌가요?"

"전과가 있으니까요."

파티션 너머에서 시즈네 씨의 목소리가 들렸다.

원래라면 방 중앙 언저리에 파티션을 두고, 남녀로 공간을 나눌 예정이었다. 그런데 사정이 생겨 그 파티션이 벽으로 치우치게 놓였다. 원래부터 여자가 많으니까 남녀 4:6 정도로 방을 나눌 예정이었는데, 지금은 1:9다.

"정말로 오해예요. 일부러 그런 게 아니라고요."

"일부러 그런 게 아니라면 뭘 해도 되는 건가요?"

찍소리도 못할 정론이었다.

반론할 말이 떠오르지 않는다. 더는 변명하지 말자.

다만 내 기분 탓이 아니라면, 시즈네 씨가 평소보다 조금 더 엄격하게 느껴졌다. 이런 일은 저택에서도 자주 있는데…… 아니, 자주 있으니까 슬슬 경고하는 게 좋다고 판단한 걸지도 모르지만, 여태까지는 이토록 엄격하지 않았을 것이다.

"……시즈네."

그때, 히나코가 조용히 말했다.

"이츠키, 불쌍해. 모처럼 오랜만에 집으로 돌아왔는데……."

어쩜 이렇게 착할 수가⋯⋯.

눈물이 날 것 같다.

그런 히나코의 말을 듣고, 시즈네 씨는⋯⋯ 조용히 한숨을 쉬었다.

"카겐 님께서, 걱정하시고 있어요."

진지한 투로, 시즈네 씨가 말했다.

"본인께서 아시는지 어떤지는 모르겠지만, 카겐 님께선 오늘 업무에서 조금 미흡한 점이 있었습니다. 카겐 님께선 저희를 신뢰하니까 이번 일을 허가했다고 말씀하셨지만, 역시 속으로는 부모로서 조금 불안했던 거겠죠."

잠이 확 달아나는 이야기였다.

듣고 보면 당연한 말이다. 아직 고등학생인 딸이 평소 사는 집을 일주일이나 벗어나 또래 남자와 이렇게 좁고 낡은 집에서 지내는 거니까.

저택이라면 무슨 일이 생겨도 금방 달려갈 수 있다. 사용인의 눈도 있다. 하지만 이 집은 카겐 씨의 힘이 금방 닿기 어렵다.

여름 강습 때는 허용되었다.

하지만 이번에는 불안하게 여긴다.

그 차이는⋯⋯ 역시 나겠지.

여름 강습에선 나와 히나코가 다른 방에서 지냈다. 시즈네 씨도 항시 곁에 있었다. 그러니까 카겐 씨는 이번만큼 불안하지 않았던 것이다.

그러나 이번에는 시즈네 씨가 일 때문에 자주 따로 움직이고,

나와 히나코는 한 지붕 아래에서 지내야 한다. 주위에 경호원이 있다고 해도, 사생활을 침해할 수는 없으니까 집 안을 감시하지는 않으리라.

필연적으로, 이 좁은 집에서 나와 히나코가 단둘이 있는 시간이 늘어난다.

카겐 씨가 신뢰와 불안을 느끼는 기준은, 히나코가 아니다.

나다…….

내가, 카겐 씨를 불안하게 하는 것이다.

"죄송해요. 경솔했습니다."

깊이 반성하고, 사죄했다.

카겐 씨는 엄격한 사람이다. 하지만 불합리한 사람은 아니다.

할 일만 하면 자유롭게 지내도 된다. 카겐 씨는 줄곧 그런 자세로 히나코와 나를 접하고 있다. 그리고 할 일에 대해 엄격해서 그런지, 하다못해 자유시간 정도는 최대한 존중하려고 한다.

그러니까 우리가 이 집에서 묵는 것을 허가한 것이리라. 요새는 일과도 잘 처리하고 있고, 여름 강습 시험에서도 우리가 성과를 잘 남겼으니까.

하지만 역시 부모로서는 걱정이 되는 거겠지.

카겐 씨는 나를 신뢰해 주고 있다. 나는 그것도 잘 모르고 지내고 있었다.

그래서 불안하게 하고 말았다.

"이츠키 씨 덕분에, 아가씨께선 달라지셨습니다. 그리고 아가씨 덕분에, 카겐 님도 조금씩 달라지고 있어요."

시즈네 씨가 말한다.

"저는, 그 변화를 좋게 생각해요."

그렇기에 그 변화를 후회로 바꿀 짓은 하지 말았으면 좋겠다. 시즈네 씨는 은연중에 그렇게 말했다.

파티션 너머에서 누군가 일어나는 소리가 난다.

시즈네 씨가 파티션 밖으로 얼굴을 내밀었다.

"이번에는 아가씨의 자상함을 봐서 용서해 주겠어요."

"고맙습니다."

파티션을 원래 위치로 돌린 시즈네 씨에게, 나는 감사를 표했다.

"이건 다른 이야기지만, 내일 예정은 정해졌나요?"

시즈네 씨가 물어봤다.

"저녁에 유리의 집에 갈 겁니다."

"그렇다면 저녁 식사는 준비할 필요가 없겠군요."

"네."

하지만 그렇게 되면 시즈네 씨만 또 저녁을 따로 먹게 되는 셈인가.

오늘도 시즈네 씨는 내가 목욕하는 사이 카레를 먹었다. 본인은 신경 쓰지 않는 기색이지만…….

"저기, 시즈네 씨도 같이 가실래요?"

"사양하겠어요. 그 정도 눈치는 있거든요."

시즈네 씨는 대학생이니까 나이 차이가 많이 나는 것도 아니다. 다만 히나코가 곁에 있는 한, 시즈네 씨는 사용인의 위치를 지킬 필요가 있다.

키오우 학원의 친구들과 놀 때라면 문제가 없지만, 이번에는 사용인에게 익숙하지 않은 유리가 있으니까 신경을 쓴 거겠지. 여름 강습에서 대화한 것을 생각하면 별로 신경 쓰지 않아도 될 것 같지만, 사양한다고 말한 본인에게 강요하긴 어려웠다.

"저녁때까지는 뭘 할 거죠?"

"공부하려고요. 슬슬 예습하는 게 좋을 것 같아서요."

"마음가짐이 좋군요."

히나코는 일주일 치 일과를 한꺼번에 끝냈지만, 내 일과는 끝나지 않는다.

오늘 아침, 나는 히나코의 기본적인 재능을 다시 깨달았다. 그건 존경하지만, 흉내 낼 수는 없다. 일반인인 나는 꾸준한 노력을 게을리해선 안 된다.

"다만 그대로 직행하면 아쉬우니까, 조금 정도는 다른 데를 들러 보려고 하는데요……."

어디 갈지는 아직 안 정했다.

무리해서 예정을 만들 필요도 없으니까, 내일 적당히 정해도 되겠지.

그렇게 생각했을 때.

"……학교."

히나코의 작게 말하는 소리가 들렸다.

"이츠키가 다녔던 학교를, 보고 싶어."

"그러면 그렇게 할까."

〈생활력 없음〉
~영애들이 다니는 명문 학교에서 제일가는 **아가씨**를 남몰래 돕는 시중 담당이 되었습니다~ 5

학교 안에 들어가는 건 어려울지도 모르지만, 밖에서 보는 것 정도는 되겠지.

나도 오랜만에 학교가 어떻게 됐는지를 보고 싶다.

내일 예정이 정해진 차에, 나는 잠에 들었다.

2장 마음을 읽을 수 있는 남자

커튼 틈새로 아침 햇빛이 들어왔다.

눈을 뜨고 처음으로 이상함을 느꼈다. 등에서 느껴지는 감촉이 평소의 침대와 달랐다.

"그랬지……."

여기는 코노하나 저택이 아니었다.

어느새 내가 생각하는 평소는 이 집에서의 일상이 아니라 그 저택에서의 일상으로 바뀌었다. 이상한 느낌과 익숙한 느낌 사이에서 오락가락하며, 조금씩 의식이 또렷해진다.

청소와 수리는 다소 한 듯하지만, 누워서 보는 광경은 예전과 거의 똑같다. 어릴 적부터 수천 번은 본 천장이 눈앞에 있었다.

"일어났나요."

세수하려고 세면대로 가려고 했을 때, 내게 말을 거는 사람이 있었다.

돌아보니 실내복 차림의 시즈네 씨가 나를 보고 있다.

"안녕하세요. 일찍 일어나셨네요."

"습관이에요. 이츠키 씨도 일찍 일어난 편인데요."

시각은 오전 7시. 아무 예정이 없다면 조금 더 자도 될 시간이지만, 나도 습관적으로 눈이 떠졌다.

고등학생이 되고 아르바이트를 시작하게 된 뒤로는 이 시간대에 일어나는 일이 많았다. 주로 신문 배달 일로.

"시즈네 씨, 오늘도 일이 있나요?"

"네. 그렇다고 해도 오후부터지만요."

오전 중에는 쉴 수 있는 듯하다.

다행이다. 오늘은 시즈네 씨도 조금은 쉴 수 있을 것 같다.

"히나코는 일어났나요?"

"오늘 정도는 푹 주무시게 두죠. 어제는 많이 애쓰셨다고 하니까요."

동감이다.

바닥에서 삐걱거리는 소리가 최대한 나지 않도록 천천히 걸으며 세면대로 간다.

세수한 나는 다시 시즈네 씨를 보고, 조금 경직하고 말았다.

"무슨 일이죠?"

"아, 아뇨. 저기…… 여러모로, 느낌이 신선한 것 같아서요."

기본적으로 시즈네 씨는 항상 메이드 차림이어서, 다른 옷을 입은 모습은 매우 귀중하다. 귀엽고 몽실몽실한 느낌이 나는 실내복을 즐겨 입는 히나코와 다르게, 시즈네 씨는 간소한 스웨트 소재의 옷을 입었다.

"너무 보지 마세요……."

그 반응도 참 신선해서 조금 의식하고 말지만, 더 주시했다간 혼날 것 같아서 눈을 돌렸다.

시즈네 씨는 파티션 위치를 조금 조정해서 공용 공간인 거실을 넓혔다.

그것에 맞춰서 나는 벽으로 치웠던 탁자를 실내 중앙으로 가져왔다.

"자, 그러면 아침 준비를 할까요."

"아, 간단한 거라면 미리 만들어 놨어요."

"그래요?"

"어제 카레를 하는 김에 준비했거든요. 뭐, 진짜로 간단한 거지만요."

그렇게 말하고, 나는 냉장고를 열었다.

그리고 미리 넣어 둔 접시를 꺼냈다.

"샌드위치예요. 참치와 달걀이 있어요."

카레를 끓이는 동안, 스마트폰을 보면서 만들었다.

"고마워요."

인원수에 맞춰서 만들었으니까 나도 시즈네 씨 맞은편에 앉아 먹기 시작했다. 히나코가 먹을 것도 있지만, 점심때까지 잘 것 같으면 내가 먹자.

샌드위치의 맛은 내가 생각해도 나쁘지 않지만, 거의 재료의 힘이다. 고급 참치캔에 고급 식빵이 있어서 그대로 사용해 봤다.

"오늘은 학교를 보러 가는 거죠?"

"그럴 예정이에요."

"동급생을 만날 경우, 지금 상황을 어떻게 설명하려고 생각하고 있죠?"

전혀 생각하지 않았다.

어중간한 시기에 학교를 그만뒀으니까, 재회하면 확실하게 상황을 물어보겠지.

어떻게 설명할지 생각해야 하는데…… 코노하나 가문에 불편을 끼치지 않는 것을 우선한다면, 애초에 만나지 않는 게 좋을지도 모른다. 어떻게 설명하든 실수할 가능성을 부정할 수 없으니까.

"안 가는 게, 좋을까요……?"

"신중하게 행동하자면 그래야 하겠지만, 그 생각을 관철한다면 이츠키 씨가 지금껏 알던 모든 사람과 헤어져야 하니까요. 아무리 그래도 그건 안쓰러우니까, 카겐 님께서도 허가하셨습니다."

하긴. 코노하나 가문을 위해서라고 해도, 모든 옛 지인과 결별하는 건 다소 거부감이 든다.

"키오우 학원에 다닌다는 것까지는 설명해도 되겠죠. 아가씨와의 관계는 같은 반 친구로 하세요."

"제가 키오우 학원에 다니게 된 계기는 뭐라고 설명할까요?"

"양자가 되었다고 하면 되겠죠."

중견 IT 기업 사장의 양자가 되었다는 설정을 여기서도 살릴 수 있을 것 같다.

"서로 익숙해졌네요."

시즈네 씨의 발언에, 나는 쓴웃음을 짓는다.

사기꾼이 된 기분이다.

문득 시즈네 씨를 보니 식사하던 손길이 멈춘 것을 깨달았다.

맛이 별로였을까? 나는 문제없이 먹었지만, 저택에서 나오는 요리와 비교하면 당연히 질이 떨어진다.

"죄송해요. 역시 맛이 별로일까요?"

"아뇨……. 가끔은 이런 식사도 나쁘지 않다고 생각해서요."

희미하게 웃음을 띠고, 시즈네 씨가 말했다.

시즈네 씨는 얌전하게 샌드위치를 오물거리고, 삼켰다. 거짓 말하는 기색은 아니다.

"시즈네 씨는, 사용인이 되기 전에 어떻게 생활하셨죠?"

"평범해요. 집이 조금 유복하고, 조금 좋은 학교에 다녔지만, 생활 수준은 일반 가정과 크게 차이가 나지 않았죠. 그러니까 이런 식사에도 익숙해요."

그건 처음 듣는 말이다.

그러고 보니 시즈네 씨와 이렇게 둘이서 대화할 기회가 별로 없다.

나는 시즈네 씨에 관해서 아는 게 거의 없었다.

"잘 먹었습니다. 맛있었어요."

연기 중인 히나코에게도 뒤지지 않을 만큼 우아한 자세로, 시 즈네 씨는 아침 식사를 마쳤다. 소리도 내지 않고 의자를 뒤로 밀어서 일어난 시즈네 씨는 내 앞에 있는 빈 접시를 자기 접시와 포갰다.

"설거지 정도는 제가 하겠습니다."

"저도 돕죠."

"두 개밖에 없으니까, 저 혼자서도 괜찮아요."

시즈네 씨는 익숙한 느낌으로 주방에 섰다.

다 씻은 접시는 청결한 행주로 곧장 물기를 닦고 선반에 둔다.

나는 그 접시를 손에 들어 봤다.

"반짝반짝 빛나네……."

대단하다.

설거지는, 하는 사람이 다르면 이토록 달라지는 건가.

"이츠키 씨에겐 아직 질 수 없어요."

"평생 못 이기겠는데요……."

"그럼요. 질 마음은 없습니다."

반쯤 농담으로 한 말인데, 시즈네 씨는 당연하다는 것처럼 긍정했다.

다만 그 표정은 왠지 모르게 즐거운 듯이 부드러웠다.

◆

나는 오후가 될 때까지 공부에 집중했다.

중간중간에 히나코의 상태가 궁금해졌지만, 일어나지 않는 걸 보면 푹 잠든 듯했다. 저택에 있는 푹신푹신한 침대와 다르니까 불편할지도 모르겠다고 생각했는데, 잘 생각해 보니 히나코는 틈만 나면 언제 어디서든 자니까 전혀 문제없어 보인다.

시즈네 씨는 오후에 일이 있다고 했지만, 경호원들과 미팅이 있다며 아침부터 외출해서 대략 세 시간 정도 돌아오지 않았다. 어쩌면 신경을 써서 혼자 있게 해준 걸까?

두 사람 덕분에 조용히 공부할 수 있었던 나는 일과로 삼은 예습과 복습을 반쯤 끝냈다. 나머지 반은 밤에 하면 된다고 생각하고——.

오후 4시.

나는 히나코와 둘이서 예전에 다녔던 고등학교로 갔다.

"다 왔어."

통학로를 걷기만 해도 추억이 스멀스멀 샘솟지만, 학교 앞에 서자 필설로 다 할 수 없는 감회가 치밀어 오른다.

"여기가, 이츠키가 다니던 학교야……?"

"그래."

녹색 페인트로 칠한 교문. 그 너머에 있는 운동장과 건물. 내가 1년 동안 다녔던 고등학교가 눈앞에 있었다.

3년 동안 다닌 초등학교와 중학교와 비교하면 이 고등학교에는 고작 1년만 있었지만, 막상 보니까 의외로 이런저런 추억이 머릿속을 스친다. 매일 밤 졸음과 싸우며 대비했던 정기 시험도, 한계까지 체력을 썼던 체육대회도, 그리고 보니 1학년 때는 이 학교에서 경험했었다.

"평범한 학교를 본 소감은 어때?"

옆에 있는 히나코에게 물어본다.

히나코는 멍한 눈으로 학교 전체를 보고 대답했다.

"……작아."

"이게 보통인 거야."

키오우 학원이 너무 큰 것이다.

키오우 학원과 비교하면 이 학교는 당연히 작고, 솔직히 말해서 조금 지저분하다. 어째서 학교 주변에 있는 간판과 횡단보도는 지저분한 게 많은 걸까? 교문의 페인트칠도 군데군데 벗겨졌다.

사립 학교라면 다를지도 모르지만, 국공립 학교는 대체로 이런 법이다.

"중학교도, 이런 느낌이야……?"

"그러게. 중학교도, 초등학교도, 대체로 이런 분위기였을 거야."

어느 학교든, 키오우 학원과 비교하면 비슷한 느낌이겠지.

정말이지 그 학교가 특별함을 알 수 있는 풍경이다.

"좁아 보이지? 하지만 의외로 이 정도면 충분해. 이 학교에는 카페가 없고, 관상용 정원도 없으니까 말이지."

키오우 학원에는 일반적인 학교에 없는 다양한 시설이 있다. 그것만이 아니라, 도서관이나 체육관의 규모도 크다. 학습 분야와 경험을 권장하는 경기의 종류가 일반적인 학교와 비교해서 폭넓기 때문이다. 그러니까 그렇게 광대한 부지가 있다.

그러나 일반적인 학생에겐 이 정도면 충분하다.

나는 이 학교에서 다니는 동안에 학생으로서 불편함을 느낀 적이 없다. 공부할 환경은 다 갖췄고, 치안도 나쁘지 않았다. 고학생치고는 나름대로 평화로운 일상을 보냈다고 본다.

"이츠키는…… 여기서, 지냈구나."

과거를 추억하는 내 옆에서, 히나코는 왠지 모르게 침울해진 분위기로 중얼거렸다.

그 가냘픈 손으로, 히나코는 교문의 철책을 슬며시 만진다.

"학교…… 벌써 시작했어?"

"아니, 아직 여름 방학이야. 그러니까 지금 학교에 있는 사람은 동아리 활동이 있는 학생이야."

운동장을 보면 육상부와 핸드볼부, 야구부가 활동 중인 듯하다. 귀를 기울이면 금관악기 소리가 들리니까, 학교 건물에서는 관악부가 활동 중이겠지.

"이츠키도 동아리 활동을 했어?"

"아니, 나는 귀가부였어."

"귀가부?"

"동아리 활동을 안 했다는 뜻이야."

"……귀가부인데, 동아리 활동을 안 했어?"

히나코가 신기한 듯이 고개를 갸웃했다.

아가씨의 사전에 귀가부란 단어는 없는 듯하다.

"……이츠키?"

그때, 누군가 내 이름을 불렀다.

왠지 귀에 익은 목소리 같다고 생각해서 돌아보자.

"오, 이츠키잖아!"

"어? 진짜?! 진짜 오랜만이야!"

어느새 우리 옆에 남녀 네 사람이 있었다.

(생활력 없음)
~영애들이 다니는 명문 학교에서 제일가는 **아가씨**를 남몰래 돕는 시중 담당이 되었습니다~ 5

남자 둘에 여자 둘. 그 얼굴을 보고 금방 떠올렸다.

옛 동급생들——예전 급우들이다.

"오랜만이야. 뭐 하고 지냈어?"

"우리는 근처 공원에서 게임만 했지. 밥 먹고, 슬슬 집에 가려던 참인데. 가는 길에 학교나 보고 가려고 했거든."

"우리는 도서실에서 공부했어. 집에 가려던 참에 애들이랑 마주친 거야."

보아하니 네 사람이 합류한 건 조금 전 같다.

그래서 남자는 사복이고 여자는 교복인가.

"그나저나 너! 어딜 갔던 거야!"

"맞아! 2학년이 됐더니 갑자기 사라져서, 깜짝 놀랐다니깐!"

네 사람 모두 질문 공세를 퍼부었다.

"하하하. 저기, 미안해……."

역시 그 말이 나오겠지.

가능하면 얼버무리고 싶지만, 보아하니 그렇게 넘어갈 순 없을 것 같다. 어쩔 수 없지. 입장이 반대라면 나도 반드시 질문했을 거다.

"그건 그렇고, 그 아이는……?"

네 사람의 기세를 잠시 진정시킨 건, 히나코의 존재였다.

여자애 한 명이 말한 의문에, 나머지 세 사람도 히나코에게 시선을 돌린다.

아가씨 모드를 발동한 히나코는 밝게 미소를 지었다.

"안녕하세요. 코노하나 히나코라고 해요."

흐헉, 하고 남자들 사이에서 이상한 소리가 흘러나왔다.

남자만 그런 게 아니다. 히나코의 우아하고 사랑스러운 자태에 여자들도 정신이 팔렸다.

키오우 학원 학생들도 고귀하게 느낄 정도다. 서민인 우리에게 히나코의 자태는 잠깐 넋이 나갈 정도로 아름다웠다.

"자, 잠깐 우리랑 얘기 좀 하자. 이츠키!"

정신을 차린 남자들이 내 팔을 잡아당겼다.

"너! 무진장 귀여운 저 애는 대체 뭐야!"

"어디서 안 거야! 말해! 나한테도 소개해 줘!"

이것들은 진짜 옛날부터 달라진 게 없군…….

"남자들은 저질이야."

"뭐, 이해할 순 있지만……."

여자들은 히나코에게 정신이 나간 남자들에게 눈을 흘겼다.

하지만 본인들도 히나코의 기품은 인정하는 듯하다.

지금 상황을 설명할 때는 지금이라고 보고, 나는 네 사람에게 입을 열었다.

"사실 나는 지금 키오우 학원에 다녀."

"키오우 학원? 그 슈퍼 엘리트 학교?!"

"부자만 갈 수 있다는 소문이 있는?!"

나는 고개를 끄덕였다.

나도 그랬지만, 키오우 학원의 명성은 모두가 알고 있다.

"너희도 어느 정도는 알겠지만, 우리 집은 여러모로 형편이 어려웠거든. 그래서 처음에는 그냥 자퇴할 예정이었는데, 모

(생활력 없음)

기업의 사장님이 양자가 되지 않겠냐고 해서, 그 인연으로 키오우 학원에 다니게 되었어."

"양자라니…… 그런 게 진짜로 현실에 있긴 했냐."

내 케이스는 거짓이지만, 텐노지 양 같은 케이스도 있으니까 진짜로 현실에 있긴 하다.

"그리고 여기 코노하나 양과는 같은 반 친구야."

히나코가 조용히 고개를 끄덕인다.

일단 이걸로 예전 급우들의 의문에는 전부 대답할 수 있었으리라.

"진짜로 단순한 반 친구야~?"

"단순한 반 친구야. 아까 우연히 마주쳐서, 이참에 동네를 안내하고 있어."

같이 산다는 말은 하면 안 된다.

이렇게 얼버무리는 것도 익숙해져서, 나는 얼굴색 하나 바꾸지 않고 말했다.

그러자 예전 급우들은 "흐~응." 하고 신용하는 듯, 신용하지 않는 듯한 눈으로 나와 히나코를 번갈아 본다.

"키오우 학원이라……. 뭐, 우리가 예상한 최악과 비교하면 훨씬 낫나."

"최악?"

고개를 갸우뚱한 내게, 남자 한 명이 "그래."라고 고개를 끄덕이고 말했다.

"너 말이야. 이상하게 실종되는 바람에 소문이 엄청 났다고. 참

치잡이 어선에 있다든가, 아마존에서 자급자족하고 있다든가."

"그게 뭔 소리야……."

아니지. 그리고 보니 여름 강습에서 유리와 재회했을 때도 그런 설명을 들은 것 같다. 그 밖에는 노예 경매에서 팔렸다는 이상한 소문도 있다고 했던가?

"이런 데서 이야기해도 끝이 없어. 난 지금부터 애네 집에서 놀 건데, 너도 안 갈래?"

"아니지, 가자고. 오랜만에 다시 봤으니까, 밥 정도는 살게."

남자들은 내게 같이 놀자고 했다.

한편, 히나코도 여자들이 매달리고 있었다.

"코노하나 양이랬지? 저기, 괜찮으면 우리랑 같이 밥 먹으러 안 갈래?!"

"그래! 이것저것 물어보고 싶은 게 있거든!"

"저, 저기, 저는……."

나는 그렇다 쳐도, 아가씨 모드인 히나코가 이걸 거절하긴 조금 어려울 것 같다.

키오우 학원의 우아한 학생들과 달리, 여기 이 남녀는 좋든 나쁘든 그런 쪽으로 사양할 줄 모른다. 나는 보통으로 여겨도, 히나코에겐 압박이 심한 것처럼 느껴지겠지.

"야!"

그때, 멀리서 우렁찬 소리가 들렸다.

목소리가 난 곳을 돌아보니 멀리서 콩알만 한 인영이 보인다.

다가오는 그 인영은 낯익은 소녀처럼 생겼다.

~영애들이 다니는 명문 학교에서 제일가는 **아가씨**를 남몰래 돕는 시중 담당이 되었습니다~ 5
(생활력 없음)

"오, 히라노잖아!"

"유릿치! 오랜만~!"

"네네. 오랜만이네요."

우리보다 먼저 예전 급우들이 유리에게 말을 건다.

그러고 보니 지금은 여름 방학. 예전 급우들에게도 오래간만의 재회일 것 같다.

유리는 곧바로 예전 급우들과 우리 사이에 끼어들었다.

"그렇게 여럿이서 에워싸면 다들 곤란해하잖아. 이츠키는 상관없어도, 코노하나 양은 그런 분위기에 익숙하지 않으니까."

나는 상관없다는 말은 꼭 필요했을까?

"어? 유릿치는 코노하나 양하고 아는 사이야?"

"알바하는 데서 우연히 만났어."

"아~ 카루이자와랬지? 정말로 부잣집 아가씨가 있어도 이상하지 않네."

유리가 리조트에서 일한 건 모두가 아는 사실인가 보다.

"그런고로, 얘들은 지금부터 우리 집에 갈 예정이니까. 너희는 나중에 해."

"으엑~! 독점하지 마~!"

"오늘은 원래부터 그럴 예정이었어! 자, 해산!"

유리가 손을 팔랑거려서 예전 급우들에게 떨어지라고 압박한다.

어쩔 수 없다는 식으로 투덜대며, 그들은 눈치껏 발걸음을 돌렸다.

그 와중에 남자 둘이 슬쩍 다가와 조금 떨어진 곳으로 나를 연행했다.

"이츠키. 히라노 양, 저래 보여도 엄청 쓸쓸해했다고."

"그랬나 보네……."

그건 여름 강습에서 재회했을 때도 은근슬쩍 느꼈다.

유리는 내가 생각했던 것보다도 나와의 일상을 소중히 여겼던 것 같다.

"너무 쌀쌀맞게 굴면 내가 히라노 양을 노릴 거라고~."

"반성할 테니까, 그런 농담은 하지 마."

진짜 끝까지 이상한 소리나 하는 녀석이라고 생각하고, 나는 한숨을 쉬었다.

그러자 어째서인지 둘이서 눈을 휘둥그레 떴다.

마치 내 태도가 이상하다고 말하는 느낌이다.

"너 말이야. 일단 말하겠지만, 히라노 양은 인기 많거든?"

"어?"

뭐라고……?

"'어?'는 무슨. 누구한테나 싹싹하고, 어떤 상담이든지 친절하게 들어주고, 지금처럼 배려도 잘하니까. 당연히 인기가 많지."

"맞아. 그리고 평범하게 귀여우니까."

옆에 있던 남자도 고개를 끄덕이고 동의했다.

"그런가……."

듣고 보니 유리는 남자들이 좋아하는 요소를 다 갖췄을지도

(생활력 없음)

모른다. 방금 말한 것 말고도, 요리를 잘하고, 성실해서, 저래 보여도 참한 여자다.

유리가 남녀를 따지지 않고 다른 사람들에게 호감을 사는 건 알았지만, 연애 의미에서도 그럴 줄은 몰랐다.

"이츠키, 뭐 해?"

"아, 아니, 아무 일도 아니야!"

유리가 불러서, 나는 얼버무리려 그쪽으로 간다.

자리를 뜰 때 악우들이 히죽히죽 웃었지만, 일부러 무시했다.

"휴……. 이제야 차분해졌네."

예전 급우들이 떠나고, 세 사람만 남았을 때 유리가 말했다.

"유리, 고마워. 그런데 왜 여기에……."

"왜긴! 오늘은 처음으로 코노하나 양 집에서 일하는 날이어서 조금 기대했는데! 막상 가 봤더니 너희가 왜 없는데!"

아, 아하…… 그러고 보니 그랬지.

오늘은 유리에게 기념비적인 코노하나 저택 아르바이트 첫날이었다. 마침 잘됐으니까 일을 마치고 집에 가는 길에 동행하는 형태로 유리의 집에 가자는 이야기를 처음에 했었다.

"어……? 그런데 난 현지 집합으로 변경한다고 말하지 않았던가?"

"어? 진짜?"

유리가 허둥지둥 스마트폰을 꺼낸다.

"너무 들떠서 미처 못 봤어……."

"너도 참……."

나도 혹시 몰라서 스마트폰을 꺼내 확인했다.

자세히 보니 읽음 표시가 없다. 답장이 없던 시점에서 다시 연락해야 했을까.

"뭐, 그런고로 아르바이트가 끝난 뒤, 메이드인 시즈네 씨한테 너희가 있는 곳을 물어보고 찾아온 거야. 너, 지금은 옛날 집에서 산다며?"

"그래. 당분간 이 동네에 있을 예정이야."

"흐~응. 그 이야기도 들어야겠어."

나도 유리도, 고등학교에 걸어서 다닐 수 있는 곳에 살아서 이 동네에는 초등학교 시절부터 신세를 지고 있다.

내 경우, 교통비를 아끼려고 근처 고등학교를 고른 거지만, 그 고등학교의 합격 라인이 나쁘지 않았던 건 다행이리라. 그래서 유리도 이 고등학교를 택했다.

우리는 잘 아는 시내 풍경을 보면서 걸었다.

"저 카페, 예전에는 없었지?"

"이전해서 온 거야. 예전에는 역에 있었잖아."

"아하, 그거? 그러면 지금 그 장소엔 뭐가 있어?"

"빵집. 저녁때가 되면 줄이 생겨."

역이니까 통근과 통학으로 다른 동네를 오가는 사람이 사서 귀가하는 거겠지.

고작 몇 달밖에 안 됐는데, 이 동네는 계속 변화하고 있나 보다.

내가 키오우 학원에 다니기 전부터 그랬겠지. 같은 동네에 있

(생활력 없음)

으니까 몰랐을 뿐, 다른 동네에서 우연히 돌아보면 의외로 찾아낼 수 있다.

"자, 슬슬 다 왔어."

어제 들렀던 상점가를 빠져나와 역에서 잠시 걷는다.

눈에 익은 가게가 보였다.

"어서 와. 대중식당 히라마루에!!"

유리는 우리를 기운차게 환영했다.

◆

오후 5시쯤에 가게에 들어간 우리는 자리가 아직 많이 비어서 안에서 잠시 느긋하게 있다가 해가 저물 무렵에 식사하기로 했다.

마침 속이 출출해진 참이다.

가게 주방에서 풍기는 냄새가 빈속을 자극한다. 이 분위기, 이 냄새가 전부 오랜만이었다.

"자, 돼지고기 생강구이 정식 둘."

테이블 자리에서 몇 분 정도 기다리자, 사복에 가게 이름이 들어간 앞치마를 두른 유리가 요리를 가져왔다.

"고마워."

"이츠키는 햄버그가 아니어도 돼?"

"여름 강습 때 먹었으니까. 오늘은 다른 메뉴를 먹어 보려고."

돼지고기 생강구이는 바비큐 때 유리가 챙겨줬지만, 사실은 히나코와 다른 아가씨들이 정신없이 먹는 바람에 나는 입도 대지 못했다.

"잘 먹겠습니다."

손을 맞대고 정식을 먹는다.

소스가 묻은 돼지고기를 밥 위에 얹고 단숨에 입에 넣었다.

"응. 역시 맛있어. 이건 유리가 한 거야?"

"국만 말이지. 대부분 아빠가 했어."

그렇다면 국도 먹어 보자.

대중식당 히라마루의 정식에 딸려 나오는 국은 된장국이나 중국집 계란국 같은 여러 종류가 있지만, 돼지고기 생강구이 정식에 딸려 나오는 건 파와 미역을 쓴 간소한 국이었다. 생강구이는 맛이 진해서 담백한 국을 낸다고 한다.

국물은 무척 먹기 편하고, 밥이 술술 넘어가는 맛이었다.

"맛있어."

"일일이 칭찬해 주지 않아도 돼. 기쁘긴 하지만……."

딱히 싫은 눈치도 아닌 듯하다.

실제로 맛있으니까 칭찬하고 싶어진다. 아부하는 게 아니다.

"코노하나 양은 어때? 입맛에 맞으면 좋겠는데."

"무척 맛있어요. 정말 맛있…………… 마시써."

큰일이다.

너무 맛있어서 히나코의 본성이 드러나고 있다.

다행히 유리는 히나코의 변화를 눈치채지 못하고 "다행이야."라고 안심했다.

(생활력 없음)
~영애들이 다니는 명문 학교에서 제일가는 **아가씨**를 남몰래 돕는 시중 담당이 되었습니다~ 5

"나도 먹어야지. 아빠, 굴 튀김 정식!"

"오냐!"

주방에 있는 유리의 아버지가 큰 소리로 대답했다.

"유리, 오늘 일은 어땠어?"

"엄청 힘들었어. 여러모로 말이지. 시즈네 씨, 일할 때는 무척 엄격하구나."

"그래…… 그렇지."

드디어 그 엄격함을 공유할 사람이 생겼나…….

조금 감동해서, 나는 고개를 크게 끄덕였다.

"하지만 지이이이인짜 많이 배웠어!"

유리는 눈을 초롱초롱 빛나며 말했다.

"그렇게 좋은 주방에서 요리한 적은 지금껏 없었으니까. 리조트 아르바이트 때도 고급 요리를 경험해 봤지만, 코노하나 양의 집은 더 고차원이야. 스파이스 분량을 세밀하게 계산하고, 재료의 특징도 학자처럼 세세하게 숙지했거든. 내놓는 요리에 맞춰서 커틀러리의 온도를 바꾸다니, 그런 기술이 있는 건 알았지만 정말로 실천하는 사람들은 처음 봤어."

참 좋은 경험을 했나 보다.

특히 요리에 관해서, 유리는 근면하다. 필요한 것은 한없이 원하고, 반대로 불필요한 것은 단호하게 쳐낸다. 그런 유리가 이토록 기뻐하는 건 드물다.

"굴 튀김 정식, 나왔다!"

"고마워."

유리는 그릇을 가져온 아버지에게 가볍게 감사를 표했다.

그 뒤, 유리의 아버지는 내 앞에 있는 그릇을 본다.

"이츠키, 그 양으론 부족하지? 자, 추가 고기다! 먹어!"

"고, 고맙습니다."

접시에 수북하게 쌓이는 추가 돼지고기 생강구이를 보고 속으로 불안을 느낀다.

다 먹을 수 있을까⋯⋯.

"아빠, 이츠키가 곤란해하잖아."

"넌 조용히 있어. 남자는 조금 곤란할 정도로 밥을 먹는 게 딱 좋다고."

그렇게 말하고, 유리의 아버지는 내 얼굴을 빤히 봤다.

"그나저나 이츠키, 잠시 못 본 사이에 무척 듬직해졌구나."

"그래요?"

"오냐. 근육도 붙었고, 눈에도 힘이 있어."

"눈이, 말인가요⋯⋯?"

되묻는 내게, 유리의 아버지는 힘차게 고개를 끄덕였다.

"갑자기 사라졌을 때는 걱정했지만, 보람차게 잘 지내는 것 같구나."

유리의 아버지가 안도한 표정을 짓는다.

나는 젓가락을 내려놓고 머리를 숙였다.

"네. 걱정을 끼쳐 죄송합니다."

유리의 아버지는 옛날 사람 같은 성격이지만, 마음 씀씀이가 무척 좋은 분이며, 나도 존경하는 사람이다. 그래서 추가로 나

(생활력 없음)

온 대량의 돼지고기 생강구이도, 받은 이상 반드시 다 먹을 것이다. 그래도 많지만.

실제로 이분은 나 말고도 남자 고등학생 손님이 있으면 이런 식으로 서비스해 줬다. 적어도 요리사로서 가게에서 일할 때는 설령 지인이 있어도 특별 대우를 해주지 않는다. 다른 손님에게 실례이기 때문이다.

이런 분이니까, 유리도 밝고 자상한 사람으로 자란 거겠지.

나처럼 부모님에게 문제가 있는 사람도, 이 집안 식구들은 반겨 주었다.

이 집안 식구들에겐 고마운 마음밖에 없다.

"뭐, 나는 솔직히 별로 걱정하지 않았지만 말이다. 유리는 걱정했지만⋯⋯."

"네⋯⋯. 유리한테도 잘 사과했어요."

"한동안 못 봐서 그런지, 유리 애는 엄청 끙끙댔단 말이지? 몰래 어떻게 지내는지 방에 보러 갔더니, 구석에 쪼그려 앉아서 '이상한 소리를 했을까?', '날 피하는 걸까?' 같은 소리를 중얼거리고 있었는데⋯⋯."

"아아아아아아아아아아아아아아! 아빠!! 조용히 있어!!"

"어이쿠, 밥이 다 됐나 보군."

얼굴을 붉히고 화내는 딸을 보고, 그 아버지는 익숙한 느낌으로 후퇴했다.

유리가 말없이 나를 흘겨본다.

나는 머리를 깊이 숙였다.

"저기…… 정말로, 걱정을 끼쳐서 죄송합니다."

"됐어. 그건 이미 여름 강습 때 했잖아. 거참, 우리 아빠는 틈만 나면 이상한 소리를 한다니까."

유리는 한숨을 섞어서 말했다.

그 모습을 보고, 나는 무심코 미소를 지었다.

"이런 느낌으로 이야기하는 것도 오랜만인걸."

"그러네……. 또 할 수 있어서 다행이야."

유리도 기분이 풀렸는지 슬쩍 미소를 짓는다.

문득 옆자리에 있는 히나코를 보자…… 왠지 쓸쓸한 표정을 짓고 있었다.

"코노하나 양?"

"네……. 무슨 일이죠?"

히나코는 평소처럼 우아하게 미소를 짓고 나를 봤다.

침울한 분위기를 느꼈는데, 기분 탓일까? 나는 "아무 일도 아니야."라고 고개를 가로저었다.

눈앞에서는 유리가 히나코의 얼굴을 빤히 바라보고 있었다.

◇

식사를 마친 유리는 곧장 주방으로 돌아가 일을 거들었다.

안쪽 테이블에서 이츠키와 히나코가 친근하게 담소하고 있다. 가끔 이츠키가 배를 만지는 건 누가 봐도 과식한 탓이겠지. 조금만 더 가게에서 쉬게 하는 게 나을 것 같다.

문득 휴식 중인 유리의 아버지가, 이츠키와 히나코가 있는 자리로 갔다.

이츠키가 아버지와 과거 이야기로 즐겁게 대화하고 있다. 그 옆에서는 히나코가 두 사람의 대화를 방해하지 않도록 부드럽게 미소를 짓고 있었다.

(지이이이이이인짜, 이츠키한텐 과분한 아이야.)

귀엽고, 고상하고, 정숙하고.

그야말로 고귀한 영애다. 몇 번 봐도 그렇게 생각한다.

그러나 봐서는 두 사람의 거리감이 여름 강습 때와 거의 똑같다.

뭐든지 할 수 있는 분위기가 있지만, 보아하니 적극성은 평범한 사람과 똑같은 수준 같다.

"코노하나 양, 이쪽으로."

유리는 히나코를 손짓해서 불렀다.

히나코는 고개를 갸웃하면서도 유리에게 다가온다.

"무슨 일이죠?"

"저기는 저렇게 되면 이야기가 조금 길어지니까, 잠깐 우리끼리 이야기할래?"

"이야기, 말인가요."

"그래. 단둘이서 말이지."

유리는 주방에 대고 "휴식하러 갈게요!"라고 큰 소리로 알리고 앞치마를 벗는다. 곧바로 주방 쪽에서도 "네!"라고 시원시원한 소리로 대답하는 게 들렸다. 최근에 아버지가 고용한 여자 아르바이트 직원인데, 요령도 좋고 참 믿음직하다.

"따라와."

유리는 히나코를 가게 뒤쪽으로 안내했다.

계단을 올라가 보니 막다른 곳에 문이 두 개 보였다. 왼쪽 문을 열고, 유리는 자기 방에 히나코를 들인다.

"너저분해서 미안해. 오늘 아침에 일할 때 어떤 옷을 입고 코노하나 양의 집에 가면 될지 몰라서 옷장을 싹 뒤졌거든."

"아뇨. 괜찮아요."

그렇게 말하면서 히나코는 신기한 듯이 주변을 봤다.

오늘 아침, 코노하나 가문의 호화로운 인테리어를 눈으로 잔뜩 확인했는데, 이 방과는 완전히 딴판이다. 서민에게는 평범한 방이라도 부잣집 아가씨에게는 다를지도 모른다.

"이 사진은……."

문득 히나코가 책상 위에 놓인 사진 하나에 주목했다.

그 사진에는 체육복을 입고 머리에 끈을 질끈 동여맨 유리와 이츠키가 있다.

"초등학교 운동회 때 찍은 사진이야. 이때는 내가 더 빨랐는데……."

"그랬나요?"

"이츠키가 운동을 잘하게 된 건 고학년 때부터야. 그때까지는 제법 굼뜬 감이 있었거든."

히나코는 흥미진진한 듯이 말을 받아줬다.

그런 히나코에게, 유리가 제안한다.

~영애들이 다니는 명문 학교에서 제일가는 **아가씨**를 남몰래 돕는 시중 담당이 되었습니다~ 5

"괜찮다면 볼래? 이츠키 사진?"

"기왕이면 꼭 보고 싶네요……."

기왕이면 보고 싶다. 그렇게 말하면 본심을 숨길 수 있다고 생각하는 걸까……?

그렇게 생각했지만, 유리도 비장의 이츠키 컬렉션(이라고 명명한 앨범)을 피로할 기회가 드디어 왔다는 생각에 흥분한 기색으로 책상 서랍을 열었다.

제일 위쪽 서랍에서 앨범 하나를 꺼낸다.

앨범을 펼치자 히나코가 곧바로 시선을 고정했다.

"이건……."

"중학교 수업 참관이야."

"수업 참관?"

"키오우 학원엔 없어? 부모가 아이들 수업을 보러 가는 행사인데……."

"없어요. 우리 부모님들은, 바쁜 사람이 많으니까요."

그렇구나. 그럴 수도 있겠다. 유리는 그렇게 생각했다.

이 수업 참관에는 이츠키의 부모님도 안 왔는데, 그 사람들은 바빠서 그런 게 아니리라.

"이 무렵의 토모나리 군은, 뭐라고 할까요. 그게……."

중학교 시절의 이츠키가 찍힌 사진을 보면서, 히나코는 말을 머뭇거리고 있었다.

"눈매가 좀 사납지?"

"그, 그래요."

"지금 생각해 보면, 이 무렵의 이츠키는 날이 섰단 말이지. 중학생이 되면 좋든 싫든 다른 집과 가정 환경의 차이를 느낄 기회가 많아지니까."

수업 참관이든 체육대회든, 같은 반 아이들의 부모를 볼 기회는 얼마든지 있다.

초등학생 때는 의식하지 않았던 것도, 다감한 중학생이 되면 달라지는 법이다.

"하지만 봐봐. 가끔 이렇게 귀여운 얼굴을 할 때도 있어."

"이건…… 귀엽네요."

"생일 케이크를 만들어 줬더니 상상했던 것보다 훨씬 기뻐해 줬거든."

케이크를 입에 가득 넣고 활짝 웃은 이츠키의 사진이었다.

처음에는 기뻐해 주는 이츠키를 보고 유리와 다른 친구들도 기뻐했지만, 이어서 이츠키가 '태어나서 처음으로 생일 케이크를 먹어 봤어.' 라고 고백했을 때는 여러 의미에서 눈물이 날 뻔했다. 그래도 좋은 추억이다.

"이건 아까 그 고등학교인가요?"

"그래. 입학식 때 함께 찍은 사진이야."

고등학교 교문 앞에, 유리와 이츠키가 나란히 선 모습이 있다.

이 무렵은 이츠키도 설마 자신이 키오우 학원에 갈 줄은 몰랐겠지…….

"토모나리 군, 조금 졸려 보이네요."

"얘는 하필이면 입학식 당일에 신문 배달 알바를 뛰었거든.

~영애들이 다니는 명문 학교에서 제일가는 *아가씨*를 남몰래 돕는 시중 담당이 되었습니다~ 5

그래서 잠이 부족해진 바람에 입학식 내내 꾸벅꾸벅 졸았어."

무심코 '바보야?' 라고 했더니 '바보 짓을 했어.' 라고 이츠키도 인정했다.

이런 구석이 있으니까, 챙겨주고 싶은 마음이 저절로 생기는 거다.

"스마트폰을 보면 더 다양한 사진이 있어."

유리는 스마트폰의 사진 폴더를 열고 히나코에게 화면을 보여 준다.

"아, 이건 최근 사진이네요."

"그래. 반년 전에 교실에서 찍은 거니까."

"이건…… 우울해하는 얼굴인가요?"

"잘 아네. 정기 시험의 결과가 안 좋았거든."

여자끼리 떠드는 화기애애한 수다가 잠시 이어진다.

히나코는 흥미진진한 얼굴로 유리의 스마트폰 화면을 응시하고 있었다.

"히라노 양은, 토모나리 군과 사진을 찍을 일이 많나요?"

"그러게. 뭐, 이츠키네 부모님은 이런 데 별로 관심이 없다고 할까, 카메라를 살 돈이 없었다고 할까…… 그래서 내가 부모님 대신 많이 찍었어."

그러니까 사진을 현상해서 이츠키에게도 줬다.

"말은 그렇게 해도 우리 가족이 멋대로 한 거니까, 이츠키가 어떻게 생각할지는 모르겠지만 말이야."

유리는 슬쩍 웃고 말했다.

이츠키도 자기 일에는 무관심한 구석이 있다. 사진을 줬을 때는 순순히 고마워했던 것 같기도 하지만, 실제로 어떻게 여겼는지는 모른다.

"소중히 여길 거예요……."

히나코가 다정한 투로 말했다.

히나코는 기억을 떠올렸다. 요전번에 이츠키에게 전자사전을 빌렸을 때, 이츠키는 책상 서랍을 열었었다. 히나코는 그 서랍 안을 잠시 봤었다.

"토모나리 군이 쓰는 책상의, 제일 위쪽 서랍에 사진이 있었어요. 분명 귀중한 것으로 느끼고 있을 거예요."

"그렇구나……."

이츠키는 유리와 똑같은 장소에 사진을 보관했다.

분명 이츠키도 옛날 추억을 소중히 간직하는 거겠지.

"토모나리 군은, 참 즐거워 보이네요."

사진에 찍힌 이츠키를 보고, 히나코는 왠지 모르게 애틋한 기색으로 말한다.

그 얼굴을 보고, 유리는 의아하게 여겼다.

어째서 이런 표정을 짓는 걸까?

지금의 히나코는 여름 강습 때보다도 우울한 표정을 지을 때가 많다.

마치—— 예전보다도 이츠키와 거리가 벌어진 것처럼.

"이대로 가다간 본론을 까먹겠어."

히나코의 표정을 보고, 유리는 방으로 부른 이유를 떠올렸다.

"저기, 있잖아. 요새 어떤 느낌인지, 물어보고 싶은데……."

"어떤 느낌……이라뇨?"

고개를 살짝 갸우뚱하는 히나코에게, 유리는 복잡한 표정을 지었다.

어떻게 말하면 될까? 쓸데없이 돌려서 말해도, 이 순수한 아가씨에겐 전해지지 않을 것 같은데…….

"저기, 왜 있잖아……. 내가 여름 강습 마지막에 한 말, 기억해? 그거, 지금 생각해 보면 진짜 쓸데없는 참견 같았거든…… 아하하."

유리는 쓴웃음을 지으며 말했다.

실제로 괜한 참견이라고 생각했지만——— 후회하진 않는다.

그때는 꼭 말해야 한다고 생각했다. 히나코는 자기 마음속 감정을 끝까지 알아채지 못하고, 쭉 어설프게 상처받을 것 같았다. 그런 소녀를, 유리는 그냥 지나칠 수 없었다.

하지만 그걸로 괜히 고민하게 해서는 역효과다.

유리는 여름 강습 이후로 재회한 히나코가 여러 의미로 싹 털어버린 모습을 기대했지만, 현실은 예전보다 훨씬 고민하는 상태로 보였다.

"그 일과 관련해서, 사실은 저도 히라노 양에게 상담하고 싶은 게 있어요."

"응응. 뭐든지 물어봐."

유리는 히나코의 말을 기다렸다.

히나코는 천천히 입을 열었다.

"좋아한다는 건, 어떤 걸까요?"

그 질문을 듣고, 유리는 한순간 머릿속이 정지했다.

"……………어떤, 걸까."

연애 드라마나 만화가 엄청나게 많이 나오는 요즘. 설마 그런 걸 물어보는 사람이 아직 이 세상에 있을 줄이야…….

순수한 눈으로 물어보는 히나코 때문에, 유리는 오히려 자기가 더 부끄러워진 나머지 얼굴을 붉혔다.

정말이지 만화나 드라마 속 세계에만 존재할 줄 알았던, 진짜 순진한 부잣집 아가씨다.

이 정도면 인공적으로 만들어진 아가씨 같다는 생각도 든다.

"잠깐만 기다려 봐……. 뭔가 좋은 방법이 없을지, 생각해 볼게."

사전에 실린 단어의 의미는 당장에라도 말할 수 있다. 그러나 아마도 눈앞에 있는 순진무구한 소녀가 알고 싶은 건 그런 의미가 아닐 것이다.

이 소녀에게 좋아한다는 감정을, 연애라는 것을 가르쳐 주려면 어떻게 해야 할까?

몇 분 정도 고민했지만, 결국 유리가 직접 답을 말하는 일은 없었다.

◆

배를 채운 우리는 유리네 집 가게를 뒤로했다.

(생활력 없음)
~영애들이 다니는 명문 학교에서 제일가는 **아가씨**를 남몰래 돕는 시종 담당이 되었습니다~ 5

유리의 아버지에게 인사한 뒤, 가게 앞에서 유리와 잠시 이야기한다.

"코노하나 양. 아까 상담한 건 잠시 보류하자. 또 뭔가 알려줄 게 있으면 연락할게."

"네. 기다릴게요."

뭘 말하는 걸까……?

내가 유리의 아버지와 이야기하는 사이, 둘이서 자리를 뜬 건 알았다. 뭔가 상담한 걸지도 모른다.

"유리랑 뭘 이야기했어?"

"응…… 비밀."

그렇다면 억지로 캐물을 순 없겠지……라고 납득하려고 했지만, 솔직히 궁금하다.

평소 나한테 쓸데없이 뭐든지 말해 주니까, 막상 비밀을 만들면 왠지 답답해졌다.

"이츠키…… 히라노 양의 아버지와 친해?"

"그야 여러모로 신세를 졌으니까. 유리네 집에서 일한 적도 있고…… 어쩌면 우리 부모님보다 가족처럼 대해 줬을지도 몰라."

고등학교 입학식 날에도 나는 우리 부모님이 아니라 유리네 가족과 함께 사진을 찍었다.

부모님은 내 학교 행사에 참석한 적이 거의 없다. 그런 내게, 유리네 가족은 남이라고 생각하지 못할 정도로 친절하게 대해 주었다.

그래서 나는 유리네 집이 푸근하게 느껴졌다.

내가 사는 집에서도 좀처럼 느끼지 못할 만큼, 가족 같은 분위기가 느껴진다.

(부러운걸……)

오랫동안 잊었던 감정이 오래간만에 살아났다.

나는 화목한 가족을 보면 가끔 부러워진다. 함께 식사하고, 화기애애하게 떠들고…… 저렇게 푸근한 거리감에 굶주린 내가 있다.

예를 들어 집 현관문을 열었을 때, 다정하게 '어서 오세요'라고 말해 주는 사람이 있는 것처럼…… 그런 일상에 대한 동경도 적잖이 있었다.

내 처지는 받아들이고 있지만, 가끔 그런 마음이 샘솟는다.

이건 내 지병이라고 할까…… 발작 같은 거겠지.

"다녀왔습니다."

집 현관문을 열면 반사적으로 그런 말이 나온다.

대답할 사람이 있을 리가 없는데…… 같은 생각을 했을 때.

"어서 오세요."

주방에서 설거지 중이던 시즈네 씨가 나를 돌아봤다.

어서 오세요. 그 말을 들을 줄 몰랐던 나는 잠시 경직했다.

"무슨 일 있나요?"

"아뇨…… 조금……."

의아한 듯이 고개를 갸우뚱하는 시즈네 씨에게서, 나는 잠시 눈을 돌렸다.

지금, 마음속 어딘가에서 가장 원하던 말이었다. 어차피 손에 넣을 수 없다고 여긴 찰나에 갑자기 손에 들어오는 바람에 머릿속이 새하얘졌다.

눈가에 배려는 눈물을 도로 집어넣고, 나는 시즈네 씨를 봤다.

"저기…… 집에 사람이 있는 게, 좋다고 생각했어요."

"그 마음은 이해해요."

시즈네 씨가 부드럽게 미소를 짓는다.

왜 내가 화목한 가족에 대한 '부러움' 을 최근까지 잊고 지냈는지, 지금에 와서야 깨달았다.

히나코, 시즈네 씨와 함께 지내면서 만족했기 때문이다.

"설거지, 저도 도울게요."

"집에 온 직후니까요. 쉬어도 돼요."

"아뇨. 도울게요."

그렇게 말하자 시즈네 씨는 의아한 표정을 지으면서도 "그러면 부탁할게요."라며 고개를 끄덕였다.

가족 같은 분위기는 여기에도 있다.

그렇게 여길 수 있다는 것이, 지금의 나로선 그 무엇보다도 기뻤다.

◆

시즈네 씨가 마지막 그릇을 다 씻고 능숙하게 선반에 넣는다.

시즈네 씨는 앞으로 코노하나 가문의 업무를 처리한다고 했

~영애들이 다니는 명문 학교에서 제일가는 **아가씨**를 남몰래 돕는 시중 담당이 되었습니다~ 5
(생활력 없음)

다. 아무리 그래도 그것까지 도울 순 없을 것 같다. 오늘 할 공부
는 끝냈고, 한가해진 나는 느긋하게 쉬기로 했다.

"아가씨, 슬슬 목욕물을 받을까요?"

시즈네 씨가 일하면서 시계를 슬쩍 보고 물어봤다.

"응…… 오늘은 더우니까, 내일 할래……."

"그건 안 돼요."

"으엑……." 하고 히나코가 한탄했다.

하지만 그 마음은 이해한다.

"이 집은 냉방 효과가 별로니까."

지금은 8월 후반부. 슬슬 선선해질 줄 알았는데, 밤에도 아직
후덥지근하다.

"아이스크림 먹고 싶어……."

"그러면 사 올까."

나는 한가하니까.

히나코도 같이 갈지 물어볼까 했지만, 히나코는 최근 며칠 동
안 평소보다 장시간 외출해서 딱 봐도 기진맥진한 느낌이다. 바
깥도 어두우니까 나 혼자서 가자.

"시즈네 씨, 근처 편의점에 다녀올게요."

"그래요. 밤늦은 시간이니까 다른 데 들를 때는 조심하세요."

샛길로 빠지는 건 허가하지만, 그때는 자기가 책임을 지라는
뜻이 담긴 말을 들었다. 시즈네 씨다운 경고 방식이다. 내가 오
랜만에 돌아온 이 동네의 밤 풍경도 구경하고 싶은 걸 들킨 걸지
도 모른다.

밖으로 나가서 편의점이 있는 곳으로 걷기 시작한다.

"이 풍경도, 달라지지 않았네……."

주택가의 밤은 무서울 정도로 정적에 휩싸여 있다. 그 공포를 얼버무리듯 이상하게 들뜬 기분이 들었다. 한밤중까지 일하고 귀가할 때는 항상 이런 기분이었다.

시중 담당이 된 뒤로 밤길을 걸은 기억이 없다.

시원찮은 가로등 불빛과 스치는 듯한 내 발소리를 오랜만에 느꼈다.

좁은 골목길을 꺾어서 목적지인 편의점을 찾는다. 고등학교 입학 당시엔 가능하다면 집에서 가까운 이 편의점에서 일하고 싶었지만, 안타깝게도 직원을 모집하지 않던 걸 떠올렸다.

편의점 안에 들어가자 냉방으로 차가워진 공기가 피부에 닿았다.

아이스크림 매대로 간다.

도중에 정장을 잘 차려입은, 훤칠한 남자와 스쳐 지나갔다.

코노하나 가문의 경호원일까……?

말로는 잘 표현할 수 없지만, 일반인과는 다르게 고상한 차림새다. 내가 키오우 학원에 갓 들어갔을 무렵, 주위에 있던 상류층 자녀들에게 느낀 것과 비슷하다.

코노하나 가문의 관계자일까? 그렇게 머릿속으로 예상하고 있을 때——.

"안녕."

남자가 내게로 다가와 말을 걸었다.

"안녕하세요……."

왜 말을 걸었는지 몰라서, 나는 적당히 덩달아 인사했다.

정말 잘생긴 남자였다. 선이 가늘고, 피부는 하얗다. 이런 체형으로 경호원은 조금 아니지 않냐고 생각하면서, 그렇다면 아이돌이나 뭔가 다른 직업일 가능성이 부상한다.

"이 가게에서 추천하는 걸 가르쳐 주겠어?"

"추천, 말인가요?"

편의점에서……?

술집에서 일했을 때라면 또 모를까, 편의점에서 그런 소리는 처음 듣는다.

봐서는 좋은 집안에서 자란 것 같으니까, 그런 사람이 좋아할 만한 것을 찾아본다.

"이쪽 와인은 어떨까요?"

"으음. 그런 게 아니라, 조금 더 편의점 같은 게 좋아."

괜찮을 것 같아서 와인을 추천했는데, 헛발질한 것 같다.

"그렇다면 계산대 앞에 있는 핫스낵은 어떨까요?"

"핫스낵? 아하, 저건가! 가게에 들어왔을 때부터 궁금했어!"

먹어 본 적이 없는 걸까?

굳이 말하자면 먹어 본 적이 없는 것을 떠나서 존재를 몰랐다는 반응인데…….

"그리고 괜찮다면 돈을 빌려줄 수 있을까?"

"돈, 말인가요……."

갑자기 남자가 수상해졌다.

그러나 지금의 나는 시중 담당으로서 받은 급료 덕분에 나름대로 금전적인 여유가 있다. 핫스낵은 고작해야 200엔밖에 안 하니까, 그렇다면 괜찮겠다며 나는 100엔 동전 두 개를 건넸다.

"고마워. 너는 참 친절하구나."

남자는 내 눈을 똑바로 보고 말했다.

"난 지갑을 안 들고 다니거든. 그래야 더 많은 인연을 만들 수 있으니까."

"그래요……?"

히치 하이킹의 상급자편 같은 걸까?

이 사람은 딱 봐도 수상하지만, 왠지 모르게 불안하진 않았다. 고상한 품격 때문에 그런 거겠지. 원래라면 평범한 괴짜 발언인데도 어째서인지 천재의 특징 같은 느낌이 들었다.

남자가 계산대로 가서 핫스낵을 샀다.

히나코가 기다리고 있으니까, 나도 아이스크림을 사야…….

그 남자가 가게를 나선 직후, 나도 계산대 앞에 서서 세 사람이 먹을 아이스크림을 올려놓는다.

"이츠키?"

계산을 마친 직후, 여자 점원이 놀란 기색으로 나를 봤다.

그 목소리는 들은 적이 있다.

"아다치……?"

같은 반이었던 여자애다.

멀리서 봤을 때는 몰랐는데, 다시 확인해 보니 틀림없다.

~영애들이 다니는 명문 학교에서 제일가는 **아가씨**를 남몰래 돕는 시중 담당이 되었습니다~ 5

(생활력 없음)

"오랜만이네."

"응. 오랜만이야."

서로 어색하게 인사를 주고받는다.

벌써 다음에 할 말이 끊기고 말았다.

편의점에는 다른 손님이 없다. 조용해진 분위기가 답답함으로 바뀌기 전에, 나는 다음에 할 말을 억지로 꺼냈다.

"여기서 일해?"

"응. 용돈만으론 돈이 부족해서."

그렇게 말하고, 아다치 양은 내 얼굴을 본다.

"이츠키는 뭔가 달라졌는걸."

"그래?"

"당당하다고 할까…… 몸을 똑바로 펴서 그럴까? 예전보다도 듬직해."

아무튼 나쁜 의미는 아닌 듯하다.

몸을 똑바로 펴고 당당히 행동하는 건 키오우 학원의 학생으로서 평소 명심하는 일이다. 그걸 주위 사람이 말해주면 기쁘다.

"아다치도, 달라졌는걸."

"헤에, 어떤 점이?"

"뭐랄까…… 외모가 화사해졌어."

너무 직구일지도 모르지만, 그게 솔직한 감상이었다.

귀에는 피어싱을 했다. 손톱도 칠했다. 머리도 조금 염색했다.

고2가 되고, 아다치 양은 허용되는 범위에서 패션을 즐기게 된 걸지도 모른다. 그러나 작년의 아다치 양은 이렇지 않았다. 아다치 양은 원래부터 주위 눈치를 살펴서 움츠러드는 사람이 아니었지만, 외모는 차분했었다. 적어도 본인이 적극적으로 눈에 띄려고 하진 않았다.

"이미지 체인지야."

아다치 양은 짤막하게 대꾸했다.

이미지 체인지. 그 이유를 추측한 나는 슬쩍 눈을 돌렸다.

"왜 이츠키가 그런 얼굴을 하는데."

"아니, 저기…… 멋쩍어서."

"내가 고백했으니까?"

"그렇지……."

적당히 얼버무릴 말이 떠오르지 않아서 솔직히 긍정했다.

고1 때, 나는 아다치 양에게 교제 신청을 받았다. 당시의 나는 잘 몰랐지만, 생각해 보면 아다치 양이 빈번하게 말을 걸었던 시기이기도 했다.

그러나 나는 아다치 양의 고백을 거절했다.

가정 형편이 어려운 나머지, 그럴 여유가 없었으니까.

"이미지 체인지랑 이츠키는 관계없어."

나는 속으로 안도했다. 그러나 그 안도를 차마 겉으로 드러낼 수 없어서, 결과적으로 이상한 얼굴로 말을 받았다.

그런 나를 보고, 아다치 양이 웃는다.

"작년엔 이런저런 일이 있었거든."

아다치 양은 과거를 떠올리며 말했다.

~영애들이 다니는 명문 학교에서 제일가는 **아가씨**를 남몰래 돕는 시중 담당이 되었습니다~ 5

(생활력 없음)

"난 이츠키한테 차이고 학교를 잠깐 쉬었잖아? 그거, 다른 사람들한텐 그냥 몸이 아파서 그랬다고 했지만, 사실은 무척 우울했거든."

"왠지, 그럴 것 같았어……."

"어? 그러면 병문안 정도는 와도 되잖아?"

"내가 가면 더 안 되잖아."

내가 슬쩍 웃자, 아다치 양도 웃었다.

서로 죄를 지은 건 아니지만, 죄를 씻어내는 듯한 대화였다.

어색해진 관계를, 조금씩 원래대로 돌리기 위한.

"그래서 그런 나를 옹호하려고 했는지, 내 친구가 이츠키를 한동안 미워했거든……."

"아…… 역시 그건 미운털이 박혔던 건가."

"미안해. 아마도 내가 이상하게 투덜거린 탓일 거야. 가정 형편 때문에 차였다고 하니까 다들 '그건 안 봐도 거짓말이잖아.' 라고 소란을 떨어서……."

"아니, 나도 그때는 말을 잘못했어. 내 입으로 집안 사정을 말한 적이 거의 없으면서, 갑자기 그걸 이유로 거절하면 감이 안 오겠지."

말하면서, 나도 당시 일을 조금씩 선명하게 떠올렸다.

그랬다.

고1 때, 나는 딱히 줄곧 화려한 청춘을 만끽한 건 아니다. 때로는 잘 풀리지 않은 적도 있었고, 때로는 불안해서 죽을 것 같았던 시기도 있었다.

"서로, 그때는 미숙했단 말이지."

"그랬지……."

설령 사귀는 사이가 되지 않더라도, 친구로서 앞으로도 친하게 지내자…… 같은 식으로 분별해서 생각하는 건, 연애 상급자만이 가능한 일이다. 나와 아다치 양은 그럴 수 없었다.

나는 한심한 기억을 떠올리고, 뒤통수를 긁적였다.

"그때는 내 일로 정신이 없었으니까. 차라리 처음부터 다시 시작하고 싶을 지경이야."

"흐응. 그러면 또 노려도 된다는 말이야?"

"어?"

그런 뜻으로 한 말은 아닌데…….

"사실 난 아직 이츠키한테 마음이 있거든."

"아, 아니, 그건……."

아다치 양은 몸을 쑥 내밀고 애원하는 눈으로 내 손을 잡았다.

"있잖아. 더 이야기해 보지 않을래? 난 슬슬 알바 끝날 시간이니까."

"이야기하자고, 해도 말이지……."

갑자기 거리를 좁히는 바람에 곤혹스럽다.

아다치 양은 원래 이런 사람이었던가?

이렇게 아양을 떠는 성격이었던가?

겉모습부터 성격까지, 내 기억과 너무 다르다.

"이봐."

그때, 가게를 나섰던 정장 남자가 어느새 우리 근처에서 말을

(생활력 없음)

~영애들이 다니는 명문 학교에서 제일가는 **아가씨**를 남몰래 돕는 시중 담당이 되었습니다~ 5

걸었다.

아다치 양이 곧바로 자세를 바로잡는다.

"죄송합니다. 바로 계산을⋯⋯."

"아, 아니야. 그런 게 아니라. 너희 대화를 듣다 보니까 참을 수 없어져서 말이지."

남자의 정정은 이 자리의 분위기에 확실한 균열을 만들었다.

잘못 들은 걸까? 이 남자는 방금⋯⋯ 터무니없이 신랄한 소리를 한 것 같은데.

남자는 일부러 웃는 듯한 얼굴로 아다치 양을 본다.

"여고생 양. 사랑도 없이 인생 역전을 노리는 건 서로에게 좋지 않아."

그 말을 들은 아다치 양이 살짝 동요했다.

그러나 곧바로 얼버무리듯 어색하게 웃는다.

"무슨 소리를, 하시는 건가요⋯⋯?"

"돈을 보고 교제하는 건 조금 더 어른이 된 다음에 하는 게 좋아. 그건 그것대로 고생이 많거든."

"난 딱히 돈을 보고 말한 적이 없는데요."

"하지만 너는 이미 사귀는 사람이 있잖아?"

이번에는 아다치 양도 확실하게 동요했다.

아다치 양은 '어떻게?'라고 말하는 듯 눈을 크게 뜨고 남자를 본다.

"미안해. 나는 그런 걸 알아볼 수 있거든."

남자는 처음부터 달라지지 않은 선선한 태도로 대답했다.

아다치 양의 미간에 주름이 잡힌다. 짜증과 혐오가 이성으로 억제하는 한계를 넘어선 듯했다.

"칫……."

아다치 양이 혀를 찬다.

무슨 말을 해야 할지 고민했지만, 아다치 양은 나와 눈을 마주치려고 하지 않았다.

아이스크림 계산도 마쳤으니까, 나는 아다치 양을 신경 쓰면서도 편의점을 나섰다.

"험한 꼴을 봤군."

자동문이 닫히자마자 남자는 내게 그런 말을 했다.

"험한 꼴은…… 갑자기 얼토당토않은 소리를 하면 화내는 게 당연하죠."

"사실인데 말이지. 음…… 또 이렇게 되나?"

남자는 별로 아쉽지 않은 기색으로 어깨를 으쓱했다.

"이츠키 군. 겸허한 건 좋지만, 자기 처지를 잘 이해하는 게 좋아. 앞으로도 저런 사람이 들러붙는 일이 늘어날 거니까."

그 발언에 의문이 생긴다.

어째서 내 처지를 아는지. 그리고…….

"어떻게, 내 이름을……."

"어떻게 알았을까?"

남자는 뻔뻔하게 웃었다.

"힌트를 주자면, 네가 귀성할 수 있었던 건 내 덕분이야."

남자의 말에, 나는 최근 며칠 동안의 기억을 더듬었다.

(생활력 없음)
~영애들이 다니는 명문 학교에서 제일가는 **아가씨**를 남몰래 돕는 시중 담당이 되었습니다~ 5

이번 귀성의 계기는 뭐였지? 히나코가 우리 집에 가고 싶다고 해서. 그렇다면 그 이유는······?

히나코가, 저택을 떠나게 된 계기는――.

"코노하나, 타쿠마 씨······?"

"정답이야."

남자는 수상쩍게 웃으며 고개를 끄덕였다.

"처음 보는군. 코노하나 타쿠마다. 동생이 평소 신세를 지고 있어."

◆

편의점 주차장에서, 나는 아이스크림이 든 봉지를 한 손에 들고 타쿠마 씨와 마주 보고 있었다.

"돈을 빌려달라고 했잖아? 그냥 달라고 한 게 아니라. 요컨대, 갚을 수단이 있다는 뜻이지."

왠지 그럴 것 같았다.

히나코의 가족이니까 내 정보는 전부 안다고 봐도 되겠지. 이곳에 있는 시점에서 나와 히나코가 지금 어디서 사는지도 파악했을 것이다. 타쿠마 씨는 마음만 먹으면 언제든지 나와 만날 수 있다.

"저기. 타쿠마 씨는, 무슨 일로 여기에 오셨죠······?"

"심심풀이. 굳이 말하자면, 동생이 피난처로 택한 곳을 가볍게 둘러보고 싶었으니까."

그렇다면 나와 마주친 건 단순히 우연일까?

피난처라고 표현한 이상, 이 사람은 히나코가 자신을 피하는 걸 아는 거겠지.

그러나 타쿠마 씨는 슬퍼하는 기색이 없다.

"시중 담당은 어때?"

타쿠마 씨는 난데없이 물어봤다.

대답이 늦어진 내게, 타쿠마 씨는 이어서 질문한다.

"보람은 있어?"

"그야, 있다고 보는데요⋯⋯."

"하하하. 언제까지 긴장할 거야. 더 적당히 말해도 돼."

타쿠마 씨는 털털하게 웃었다.

하지만 긴장이 도저히 풀리지 않는다.

아까부터 쭉 그렇다. 타쿠마 씨는 뭔가 정체 모를 으스스함이 느껴진다. 말투는 가볍지만, 도무지 종잡을 수가 없다.

"그 아이를 돌보는 건 힘들지? 스트레스는 안 생기나?"

"아뇨. 만족합니다. 그러니까 스트레스는 별로 없어요."

"그것참 다행이군. 전임자는 위에 구멍이 났으니까 말이지. 코노하나의 이름이 마음에 상처를 주었는지 어떤지는 잘 모르겠지만, 그 뒤로 우리 그룹과 관계가 있는 서비스를 받을 수 없게 됐다더군."

그건 참 비참한 일이다.

이 나라에서 코노하나 그룹의 힘을 빌리지 않고 사는 건 불가능하지 않겠지만, 철저하게 의식하지 않으면 어려울 것이다.

~영애들이 다니는 명문 학교에서 제일가는 **아가씨**를 남몰래 돕는 시중 담당이 되었습니다~ 5

(생활력 없음)

코노하나 그룹은 금융업, 부동산업, 식품 사업에도 손대고 있으니까.

"아까 분위기로 봐서는, 예전 동급생들과도 친한 것 같군."

"그러네요. 사이가 나빠질 이유도 없으니까요."

물론 그중 한 사람은 타쿠마 씨 때문에 관계가 나빠졌을지도 모르지만.

"처신이 능숙하군, 너는. 그 이전에, 능숙해지고 싶은 거야."

타쿠마 씨는 감탄한 듯이 말했다.

"그런 너니까, 가르쳐 주지."

타쿠마 씨는 내 눈을 똑바로 보고 말했다.

"히나코가 저택을 떠난 것과 관련해서, 아버지가 허가한 이유를 알아?"

"그건…… 히나코는 요새 코노하나 가문 영애의 책무를 다했으니까, 카겐 씨도 히나코를 신뢰하게 된 게 아닌가요?"

"그건 그 사람을 너무 호의적으로 평가한 거야."

타쿠마 씨는 웃으며 말했다.

이건 호감을 사려는 웃음인 걸 알았다.

"여름 강습의 호텔과 다르게, 너희 집은 경비가 엄중하다고 할 수 없지. 걱정이 많은 그 아버지가, 히나코를 간단히 저택 밖으로 내보낼까?"

그 말을 들으니, 나는 자신의 예상을 믿을 수 없게 됐다.

실제로 카겐 씨는 걱정이 많다. 그 이전에 신중하다. 코노하나 그룹의 무거운 책임을 누구보다도 깊이 이해하고, 그것에 걸맞은 판단을 항시 명심하고 있는 것처럼 보인다.

그런 카겐 씨가, 히나코의 외출을 허가한 이유는 뭘까……?

아까 내가 말한 것처럼, 인간적인 정은 카겐 씨답지 않다.

"사실은 말이지. 코노하나 가문은 지금 조금 어수선해."

"어수선하다, 고요?"

"그룹 계열사인 코노하 드링크 주식회사가, 직장 내 갑질로 문제를 일으켰거든. 뉴스에 나오진 않아서 일반인은 아무도 모르지만, 동업자 사이에는 확실하게 퍼졌어. 그러니까 만약을 대비해서 히나코를 저택에서 멀리 떨어뜨린 거야."

단적으로 설명한 내용은 일단 앞뒤가 맞았다.

그 이전에 내가 생각했을 때는 딱 와닿는 답이었다. 정말로 그런 사정이 있다면 카겐 씨도 이번 일을 허가하겠지.

"아버지는 타산이 없으면 결단할 수 없는 사람이야. 용서해 줘."

타쿠마 씨는 미안한 듯이 말했다.

이 사람은 아버지와 사이가 별로 좋지 않은 걸까?

궁금했지만, 그보다도 지금은 물어보고 싶은 게 있다.

"그 사정은…… 히나코도 아나요?"

만약 안다면, 히나코는 속으로 불안을 참고 있지 않을까?

내 질문을 듣고, 타쿠마 씨는 눈을 휘둥그레 떴다.

"너는 참 자상하군. 지금 이야기를 듣고 처음에 하는 말이 그건가."

타쿠마 씨는 짧게 숨을 내쉬었다.

"알아. 아버지가 말했을 거야. 하지만 지금 내가 말한 정도의 정보만 알겠지. 이번 일에서, 그 아이가 할 수 있는 일은 없으니까."

타쿠마 씨는 담담하게 대답했다.

"그리고 내가 말하면 슬프지만, 동생이 저택을 떠난 이유는 어디까지나 나와 마주치지 않기 위해서야. 그 아이가 네 앞에서 본심을 숨기는 건 아니지."

그리고 마치 내 불안을 털어내듯이 말했다.

즉, 히나코는 내가 걱정하지 않게 하려고 코노하나 그룹의 불상사를 숨기고, 오빠를 피해 도망친다는 명목으로 저택을 나온 게 아닌 듯하다.

잘 생각해 보면 당연하다.

히나코는 우리 집에 왔을 때, 그리고 상점가를 걸을 때, 눈을 초롱초롱 빛내며 흥분했다. 그게 전부 거짓이라고 생각하긴 어렵다.

그때, 뒤에서 발소리가 들린다.

"이츠키 씨. 너무 늦게 와서 마중하러 왔는데……."

편의점 주차장에서 대화 중인 우리에게, 시즈네 씨가 다가왔다.

어두워서 내가 누구와 대화 중인지 가까워질 때까지 안 보였던 거겠지. 시즈네 씨는 내 정면에 선 인물을 보고 눈을 조금 크게 떴다.

"타쿠마 님. 어쩐 일로 여기에."

"안녕, 시즈네. 여전히 까칠한 얼굴인걸."

타쿠마 씨는 가볍게 인사했다.

"그냥 심심풀이 삼아 온 거야. 여기저기 돌아다니는 게 내 취미인 건 너도 알잖아?"

"그 취미는 그만둬 달라고 말했을 텐데……."

"그만둘 수 없으니까 취미인 거지."

평소 쿨하고 감정을 겉으로 드러내지 않는 시즈네 씨가, 아주 조금 험악한 얼굴을 보였다.

시즈네 씨는 일단 심호흡하고, 나를 본다.

"이츠키 씨, 이 남자에게 이상한 소리를 듣지 않았나요?"

"어, 그게……."

어떻게 대답해야 할까?

내가 고민하고 있을 때, 타쿠마 씨가 한숨을 쉬었다.

"이봐, 너무한걸. 이래 보여도 나는 코노하나 가문의 장남이 거든? 그런 말은 안 해."

"그렇다면 다행이지만……."

"코노하나 그룹이 지금 직면한 불상사에 관해서 설명했을 뿐이야."

'했잖아요'라고 말하고 싶은 눈초리로 시즈네 씨는 타쿠마 씨를 흘겨봤다.

"이츠키 군은 아버지가 히나코를 신뢰해서 외출을 허가했다고 생각하는 것 같던데, 이건 시즈네가 속삭인 거야?"

"속삭이고 자시고, 실제로 그런 측면이 있습니다만."

"물론 아버지는 달라지고 있어. 하지만 그렇게 미세한 변화를 부풀려서 표현하면 위험할 것 같은데. 기대해도 손해만 보는 일도 있어."

타쿠마 씨는 왠지 쓸쓸해 보이는 얼굴로 말했다.

나는 두 사람이 뭘 논점으로 설전을 벌이는 건지, 막연한 수준으로 이해할 수밖에 없다.

"타쿠마 님. 코노하나 그룹의 일을, 이츠키 씨에게 말할 필요가 있습니까?"

"말하지 않을 필요도 없잖아? 시즈네가 과보호인 건 어제오늘 일이 아니지만, 이 친구는 아무것도 알려주지 않는 것보다 알려주는 게 더 잘 처신하지 않을까?"

"저는, 저 나름대로 진지하게 생각한 겁니다."

시즈네 씨가 타쿠마 씨를 노려본다.

뭐랄까…… 시즈네 씨가 말로 밀리는 걸 처음 봤다.

타쿠마 씨에게 그럴 의도가 있는지는 모르겠지만, 시즈네 씨가 농락당하고 있다.

그 광경을 목격하고, 나는 문득 생각했다.

(혹시, 시즈네 씨가 요새 바쁜 건 타쿠마 씨 탓인가?)

코노하나 가문의 장남이 우리가 지내던 저택에 갑자기 찾아왔으니까, 업무와 기타 조율로 필요한 절차가 많겠지.

시즈네 씨를 가지고 노는 타쿠마 씨를 보면 왠지 그런 생각이 든다.

"그런 게 아니야."

타쿠마 씨가 내게 시선을 돌리고 말한다.

"시즈네가 바쁜 건, 아까 설명한 불상사가 원인이지, 내 방문과는 관계가 없어."

타쿠마 씨는 당당히 단언했다.

내 시야에 살짝 들어오는 위치에서 서 있는 시즈네 씨는, 아무 말도 하지 않았다. 무언의 긍정인 거겠지.

하지만 그런 것보다——.

"저기, 전 아직 아무 말도 안 했는데……?"

지금, 내가 머릿속에 떠오른 의문을 말했을까?

아니다. 말할 리가 없다. 그렇게 무례한 예상을 본인 앞에서 말할 리가 있을까. 실례인 줄 아니까 마음속에만 담아둔 것이다.

그런데도 마치 마음을 읽은 것처럼, 타쿠마 씨가 지적했다.

동요하는 나를 보고, 타쿠마 씨가 웃는다.

"말했지? 난 그런 걸 알 수 있다고."

소름이 돋았다.

아까 아다치 양도 이런 기분이었을까?

"뭐, 이번 불상사에 관해서는, 네가 신경 쓸 필요가 없어. 이런 일은 우리 같은 교활한 어른에게 맡겨 줘."

아무 일도 없었던 것처럼, 타쿠마 씨는 말한다.

타쿠마 씨라면 또 몰라도, 시즈네 씨를 그런 교활한 어른으로 치는 것이 싫어서, 나는 대답할 수 없었다.

"나는 슬슬 갈 건데…… 아, 맞다. 이츠키 군에게 하나 더 할 말이 있었지."

그렇게 말하고, 타쿠마 씨는 내게 다가와 시즈네 씨에게 안 들리게끔 귓속말한다.

"지금의 너는, 히나코가 머물 곳이 될 수 없어."

그건 무슨 뜻인지——.

되물어 보기도 전에, 타쿠마 씨는 떠나갔다.

히나코를 위해 산 아이스크림은 다 녹았다.

◆

아이스크림을 다시 사고 집으로 돌아가는 길.

스마트폰이 유리의 통화 요청을 알렸다.

『이츠키, 잠깐 얘기할 수 있을까? 사실은 오늘 학교 앞에서 만난 애가 멋대로 아다치 양한테 이츠키 얘기를 했대.』

"그랬어……?"

『응. 그래서 있지. 너한테 굳이 알려주지 않아도 된다고 생각해서 말하지 않았는데…… 아다치 양, 2학년이 되고 나서 불량한 사람들하고 놀기 시작해서. 그 영향인지 모르겠지만, 돈이 많아 보이는 사람을 보면 곧장 달려들게 됐거든. 이츠키도 잘 생각해 보면 키오우 학원 학생이니까, 일단 조심해.』

"그래……. 그럴게."

유리와 통화를 마치고, 나는 스마트폰을 호주머니에 넣었다.

슬쩍 한숨을 쉰다.

"저기, 시즈네 씨."

나는 옆에서 함께 걷는 시즈네 씨에게 물어봤다.

"타쿠마 씨는 어떤 분이죠?"

"그 질문에 대답하긴 어렵네요……."

시즈네 씨는 걸으면서 말하기 시작했다.

"한마디로 설명하자면, 분방한 분이세요. 사려가 깊은 부분도 있지만, 애초에 가치관이 다르니까 이해하긴 어렵죠. 타쿠마 님의 심중을 헤아리는 건, 가족인 카겐 님과 아가씨도 어려울 거예요."

밤거리를 보면서, 시즈네 씨는 말을 잇는다.

"다만 그래 보여도 역시 코노하나 가문의 핏줄이라서, 타고난 능력은 아가씨와 견줘 부족함이 없어요. 특히 그 통찰력은 소름이 끼칠 정도예요."

"통찰력……."

뭘 말하는지, 짚이는 바가 있었다.

그런 내 심경을 헤아렸는지, 시즈네 씨는 계속해서 설명한다.

"EQ란 말을 아세요?"

나는 고개를 가로저었다.

"Emotional Intelligence Quotient…… 마음의 지능 지수란 의미예요. 지능 지수를 뜻하는 IQ의 심리학 버전인 셈이죠. EQ가 높은 사람은 감정 파악 능력이 뛰어나거나, 감정 조정을 잘하거나 하죠."

감정 파악 능력이 뛰어나다……고 하면, 상대의 감정을 잘 헤아린다는 걸까?

감정 조정은 아마도 자신의 감정을 잘 제어하는 거겠지. 어감으로 내용을 예상하는 정도지만, 어렴풋이 이해할 수 있다.

"타쿠마 님은 이 EQ가 세계에서도 유별나게 뛰어납니다. 본인은 이걸 커뮤니케이션 능력이 너무 뛰어날 뿐이라고 평가했어요. 타쿠마 님은, 상대의 낌새를 눈치채는 것만이 아니라 뭘 생각하는지를 알아버리죠. 그래서 종종 상대의 마음을 읽은 것처럼 말하는 거예요."

그래서 타쿠마 씨는 내 생각을 알아맞힌 걸까?

그리고 아다치 양도…….

"다만 그런 재능이 있는 탓에, 타쿠마 님은 일반적인 의사소통을 불편하게 여깁니다. 그럴 수밖에 없죠. 타쿠마 님은 들은 거나 마찬가지더라도, 상대는 말한 적이 없으니까요."

타쿠마 씨는 편의점을 나와서 나와 단둘이 됐을 때, '또 이렇게 되나.'라고 말했다. 자신은 상대의 마음을 이해해서 말했는데, 주위에서는 그걸 이해하지 못한다. 그런 일을 자주 경험한 것이리라.

그때의 체념에는 그런 의미가 담겨 있었다.

"자세히 아는군요. 타쿠마 씨를."

시즈네 씨는 내가 예상했던 것보다 타쿠마 씨에 관해서 자세히 설명해 주었다.

"그야 저는 원래 아가씨가 아니라 타쿠마 님을 모셨으니까요."

"어?"

처음 듣는 말이었다.

"물론 그분은 처음부터 제가 필요하지 않으니까, 금방 아가씨 쪽으로 배치되었지만요."

"그랬군요……."

"네. 속이 다 시원해요."

시즈네 씨치고는 드물게, 감정을 훤히 드러냈다.

슬슬 집에 도착할 즈음, 나는 타쿠마 씨에게 들은 말을 떠올렸다.

──지금의 너는, 히나코가 머물 곳이 될 수 없어.

그건 무슨 뜻일까?

답을 찾지 못한 채, 집 문을 연다.

집 안에서, 히나코는 쿠션을 베개 삼아 드러누워 있었다. 잔건 아니지만, 무척 늘어져 보여서…… 즉, 평소처럼 한가하게 놀고 있었다.

머릿속에서 자꾸 떠오르는 타쿠마 씨의 말은 잠시 잊자.

"히나코, 아이스크림 사 왔어."

"먹을래……!"

누워 있던 히나코가 일어났다.

그렇게 먹고 싶었나.

나는 편의점 비닐봉지를 벌리고 눈을 빛내며 아이스크림을 고르는 히나코에게 말을 걸었다.

"히나코는, 코노하나 그룹의 기업에서 불상사가 발생한 걸 알았어?"

(생활력 없음)
~영애들이 다니는 명문 학교에서 제일가는 **아가씨**를 남몰래 돕는 시중 담당이 되었습니다~ 5

"……알아. 이츠키도, 들었어?"

타쿠마 씨에게 들었다고 말하면 지난번처럼 '으엑' 하거나 질색한 표정을 지을지도 모르니까, 나는 "그래."라고 긍정만 했다.

"대책, 잘했으면 좋겠어……."

아이스크림을 한입 먹은 히나코는 차분한 얼굴로 말했다.

"아빠가, 불쌍해."

코노하나 그룹을 누구보다도 소중히 여기는 카겐 씨는 이 불상사로 골머리를 앓고 있겠지.

나는 "그러네."라며 고개를 끄덕였다.

3장 서민과 배우는 연애 기초

이튿날 아침.

나는 평소처럼 묵묵히 공부하고 있었다.

이 집에 오고 3일째. 슬슬 우리도 차분해졌을 무렵이다. 상점가도, 학교도 더는 안내해야 할 장소로 여기지 않는다. 게다가 히나코도 계속되는 외출로 오늘 정도는 집에서 느긋하게 쉬고 싶은 눈치였다.

(여름 강습 내용을 복습할까.)

시즈네 씨에게 배운 테이블 매너와 키오우 학원 수업의 복습을 한차례 다 마쳤다. 이참에 여름 강습에서 배운 것도 복습하기로 한다. 여름 강습에서 배운 것은 하나같이 전문적인 학문이지만, 분명 장차 보탬이 되겠지.

문득 스마트폰을 보자 메시지가 와 있었다.

"텐노지 양······?"

보낸 사람의 이름을 보고, 나는 곧바로 내용을 확인했다.

텐노지 양 : 갑작스럽지만, 공부 모임에 초대하겠어요!!

문면만 봐도 텐노지 양의 목소리가 들리는 것 같았다.
메시지는 더 이어졌다.

텐노지 양 : 개학을 앞두고, 다 같이 정신을 가다듬지 않겠어요?

그건 내가 요즘 의식하던 거였다.
나로선 거절할 이유가 없는 제안이다. 키오우 학원에서 처음 공부 모임을 했을 때도 잘 집중할 수 있었고, 키오우 학원 멤버라면 마지막까지 진지한 분위기에서 공부할 수 있겠지.

이츠키 : 꼭 참가하고 싶습니다.

답장을 보내자 곧바로 읽음 표시가 떴다. 그러나 텐노지 양의 답장은 바로 오지 않는다.
1분쯤 기다렸을 때, 텐노지 양에게 새 메시지가 왔다.

텐노지 양 : 지금 전화해도 되겠어요?

서로 금방 읽음 표시가 떴으니까 전화하는 게 더 빠르다고 생각한 듯하다.
내가 '괜찮습니다' 라고 답장을 보내자, 곧바로 스마트폰이 진동했다.

『여, 여보세요, 랍니다!』

여보세요 다음에 그런 말을 붙이는구나…….

"오랜만이에요."

『그래요! 여름 강습 뒤로 격조했답니다!』

텐노지 양이 기뻐하는 목소리가 들렸다.

여전히 활력이 넘치는 듯했다. 텐노지 양의 목소리를 들으면 왠지 모르게 나도 기운이 난다.

『당신이라면 분명 흥미를 보일 줄 알았답니다.』

"그야 저는 남들보다 더 노력해야 하는 처지니까요."

『이미 남들보다 노력하고 있을 텐데요. 변함없이 노력가로군요.』

전화 너머에서 텐노지 양이 미소를 지은 것 같았다.

『어, 어흠. 그렇다면 본론으로 돌아가서…… 이츠키 씨는 언제 시간이 날까요?』

나를 부를 때만 성량이 조금 올라간 느낌이 들었다.

의도는 안다. 알지만…… 나는 사정이 있어서 무시하기로 했다.

"저는, 언제든지 괜찮아요."

『이츠키 씨는, 언제든지 괜찮은 거죠?』

"네……."

틀렸다. 얼버무릴 수 없다.

그 호칭을 쓰는 건, 나더러 존댓말 말고 자연스러운 말을 쓰라는 의사 표시이겠지.

그건 안다. 알지만…….

지금은 뒤에 히나코와 시즈네 씨도 있단 말이지…….

"죄송합니다. 지금 상황으로는 이렇게 말할 수밖에 없다고 할까요……."

『근처에 누가 있나 보군요…….』

"아시다시피 그렇습니다."

두뇌 회전이 빠른 사람이라서 다행이다.

통화 소리가 밖에 희미하게 들릴지도 모르고, 게다가 어차피 내가 공부 모임에 참가한다면 그 의사를 히나코와 시즈네 씨와도 공유해야 한다. 그때는 주최자가 텐노지 양이라는 사실도 전할 것이다. 그러니까 지금 내가 존댓말을 안 쓰면 텐노지 양과 평범한 말투로 대화한다는 사실이 들킨다.

텐노지 양이 아쉬운 듯 한숨을 쉬었다.

『전화라면 자연스럽게 이야기할 수 있을 줄 알았는데…….』

"죄송해요……."

『오랜만에, 할 수 있을 줄 알았는데…….』

생각했던 것보다 아쉬워하는 눈치다.

평소 기운이 넘치는 텐노지 양인 만큼, 실망하게 한 것에 죄악감이 생긴다.

"그, 그러면 공부 모임 때 하죠."

『공부 모임 때……?』

"네. 잠시, 둘이서 이야기해요."

어떻게 해서 단둘이 있을지는 전혀 생각하지 않았지만…….

어떻게든 해보자.

『약속한 거예요.』

"네."

『그렇다면 용서하겠어요.』

텐노지 양의 기분은 무사히 풀린 듯하다.

"그래서 말인데. 공부 모임의 멤버는 이미 정해졌을까요?"

『아니에요. 아직 아무것도 안 정했답니다. 지난번과 비슷한 멤버로 개최했으면 하지만요…….』

"타이쇼와 아사히 양은 여행을 즐기고 있는 것 같더군요."

『그렇죠. 나한테도 연락이 왔답니다.』

두 사람은 여름 방학 초반에 사원 여행에 따라가고, 후반인 지금은 각각 가족 단위로 여행을 즐기고 있다고 한다. 여행 선물은 뭐가 좋을지 물어봐서, 나는 아무튼 '간소한 거라도 괜찮아요'라고 말했다. 비싼 물건은 심장이 떨리니까, 싸다면 뭐든지 좋다.

"그렇다면 저는 먼저 코노하나 양에게 확인해 볼게요."

『그래요. 부탁하겠어요. 나는 미야코지마 양에게 말해 보겠어요.』

"일정이 비는 때도 그때 물어보는 게 좋겠군요."

『그러네요.』

나리카는 어떨지 모르겠지만, 히나코는 괜찮겠지.

최근 들어 히나코는 이런 모임에도 참가해 주는 경우가 많다.

『그리고 괜찮다면 히라노 양을 불러도 좋을 것 같답니다.』

~영애들이 다니는 명문 학교에서 제일가는 **아가씨**를 남몰래 돕는 시중 담당이 되었습니다~ 5
(생활력 없음)

"그러네요. 유리도 열심히 공부하는 편이니까, 말해 볼게요."

지인과 지인이 친해지면 마음이 편해진다.

여름 강습을 거치고, 텐노지 양은 유리를 친구로 여기게 된 듯하다.

"그리고 생각해야 할 건……."

『장소로군요.』

텐노지 양의 말이 맞다.

『우리 집에서 해도 문제없지만, 여름 방학의 마지막 이벤트니까, 기왕이면 평소와는 다른 환경으로 하고 싶군요.』

상류층 자녀들의 집은 대체로 키오우 학원처럼 고상하고 호화로운 분위기다. 키오우 학원이 아니면서 개성적인 환경…… 예를 들어 나리카의 집은 어떨까? 나리카의 집도 비슷하게 고상하고 호화롭지만, 전통스러운 분위기는 다른 곳에서 느낄 수 없으리라.

그러나 문득 생각했다.

지금 여기서 내가 제안할 수 있는, 가장 개성적인 환경이라고 하면──.

"죄송한데, 잠시 기다려 주실 수 있을까요?"

텐노지 양에게 양해를 구하고, 나는 스마트폰을 잠깐 탁자에 놓았다.

그리고 거실에서 서류 업무를 보던 시즈네 씨에게 말을 건다.

"시즈네 씨, 지금 텐노지 양과 이야기 중인데……."

"괜찮습니다."

시즈네 씨는 즉각 대답했다.

"내용은 어렴풋이 파악했습니다. 이 집에서 공부 모임을 하고 싶은 거죠?"

"그게, 네. 이제부터 제안하려고 하는 참인데요……."

"문제없어요."

시즈네 씨는 즉각 대답했다.

고맙지만, 한 가지 걱정거리가 있다.

"저기, 코노하나 그룹의 현재 상황을 생각하면 히나코가 있는 곳이 주위에 알려지지 않는 게 좋지 않을까요……."

어수선한 소동에서 멀리 떨어뜨려 놓으려고, 히나코는 저택에서 떠나는 걸 허가받았다. 그러나 피난처가 드러나면 나쁜 사람들이 다가올지도 모른다.

그런 내 걱정을 듣고, 시즈네 씨는 한순간 눈을 휘둥그레 떴다.

그러나 이윽고 부드럽게 미소를 짓고 대답했다.

"걱정할 건 없어요. 그 일은 이미 해결했습니다."

"어? 그래요?"

"일이 커지기를 우려해서 아가씨를 저택 밖으로 내보낸 거지만, 원만하게 수습할 가닥이 잡혀서 이젠 문제없어요."

내가 모르는 데서, 분명 여러 사람이 움직여 준 거겠지.

그러나 그렇다면 아무 걱정 없이 이 장소를 제공할 수 있을 것 같다.

나는 탁자에 둔 스마트폰을 손에 들었다.

"여보세요. 텐노지 양? 공부 모임의 장소에 관해서 제안하고 싶은데……."

이런 집에서 모두가 집중할 수 있을지 불안하지만, 막상 제안해 보니 텐노지 양은 무척 적극적으로 받아들여 주었다. 공부 모임이라고 해도 여름 방학의 마지막 이벤트다. 결실만이 아니라 즐거움도 챙기는 모임으로 만들고 싶다.

"타쿠마 님의 말씀이 맞을지도 모르겠군요."

텐노지 양과 통화하는 나를 보고, 시즈네 씨가 중얼거렸다.

"당신에게는 처음부터 사정을 말할 필요가 있었어요."

그렇게 말하고, 시즈네 씨는 서류 업무를 재개했다.

◆

이튿날 점심 무렵.

세 소녀가 집에 찾아왔다.

"여, 여기가 이츠키의 집인가……."

나리카가 긴장한 얼굴로 집 외관을 살펴봤다.

"정확하게는 예전에 살던 집이지만."

지금은 10일 정도 빌렸을 뿐, 이미 우리 집이 아니다. 가구도 시즈네 씨의 연줄로 빌린 것밖에 없다.

"오호호호! 마치 개집 같군요!"

텐노지 양이 집을 보며 말했다.

"그러네요……."

"노, 농담이어요! 요새 '베르사유의 매화'라는 순정 만화에서 그런 대화를 봐서, 무심코 말해 본 거랍니다!"

농담인지는 알았지만, 어떻게 반응해야 할지 몰라서 그냥 대답하고 말았다.

"텐노지 양, 순정 만화도 보는구나."

"그, 그래요. 요전번에 급우에게 빌려서……."

유리가 묻자, 텐노지 양이 조금 부끄러워하며 대답했다.

"히라노 양은 이츠키의 집에 자주 왔나?"

"아니. 이러니저러니 해도 나도 처음 와 본단 말이지……."

나리카가 물어보자, 유리는 집 외관을 살펴보고 대답했다.

그 이유는 이해해 주길 바란다. 솔직히 우리 가족은 친구한테 떳떳하게 소개할 만한 사람들이 아니었다.

"자, 들어오세요. 좁지만……."

현관문을 열고 세 사람을 안으로 안내한다.

그러자 탁자 앞에 다소곳이 앉아 있던 히나코가 작게 고개를 숙였다.

"안녕하세요. 여러분."

"어? 코노하나 양?"

나리카가 놀랐다.

"먼저 도착해서, 안에서 기다리고 있었어요."

그런 설정이다.

내가 코노하나 저택에서 사는 건 다른 사람들도 알지만, 아무리 그래도 이 좁은 집에서 같이 생활하는 걸 알렸다간 반응이 어

(생활력 없음)

떨지 무섭다. 그래서 히나코와 시즈네 씨의 신발이나 이불, 갈 아입을 옷 등은 벽장 깊숙이 감췄다.

참고로 시즈네 씨도 자리를 비웠다. 메이드인 자신이 있으면 결국 키오우 학원의 카페 같은 분위기가 될지도 모른다……는 우려가 있어서 그렇다고 한다.

"뭐야, 좁은 단칸방인 줄 알았는데, 그 정도로 좁진 않구나."

"일단 세 식구가 살았으니까."

나는 집 안을 쓱 둘러본 유리에게 대답했다.

"여기가, 토모나리 씨가 살던 집……."

"이츠키가 자란 집……."

텐노지 양과 나리카가 좀처럼 가만히 있지 못하겠다는 느낌으로 집을 관찰한다.

왠지 그런 식으로 주목하면 조금 부끄럽다.

"침대가 없네요?"

"바닥에 이불을 깔고 자요."

"이츠키! 천장에 달린 이 끈은 뭐지?! 당겨도 되냐?!"

"전등을 켜고 끄는 거야. 딱히 상관없어."

방이 잠깐 어두워지고, 곧장 다시 밝아졌다.

나리카네 집은 전통 가옥 같은 저택이므로 인테리어의 느낌은 비슷할 것 같지만, 잘 생각해 보니 나리카네 집에서 줄이 달린 전등을 본 적이 없다. 침대등은 있지만…… 나리카네 집은 옛날 분위기를 잘 유지하면서 현대적으로 개축한 거겠지.

문득 히나코를 보니 신난 두 사람을 차분하게 보고 있었다. 마치 히나코만 평정심을 유지하는 것 같지만…… 첫날에는 비슷했다고.

탁자 하나만으론 비좁으니까, 두 개를 붙여서 중앙에 두었다. 그 주위에 다섯 명이 쓸 쿠션을 준비했다.

각자가 그 쿠션에 앉았다.

"저기, 이렇듯 오늘은 서민풍 공부 모임입니다. 편안함은 보장할 수 없지만, 편히 지냈으면 좋겠어요."

텐노지 양과 나리카는 아직 안절부절못하는 기색이지만, 불편해서 그런 게 아니라 테마파크에 놀러 온 아이들 반응 같다.

"일단 이런 걸 가져왔는데……."

유리가 가방에서 과자를 꺼냈다.

멤버를 고려했는지, 조금 고급스러운 쿠키였다.

"나도 가져왔답니다."

"나, 나도 가져왔다."

텐노지 양과 나리카도 제각기 다과를 챙겨서 온 모양이었다. 텐노지 양은 스콘, 나리카는 카스텔라다. 양쪽 모두 포장이 고급스럽다.

(아차. 이 흐름으로 가면 히나코만 이상해져.)

히나코는 아무것도 가져오지 않았다. 당연하다. 처음부터 이 집에 있었으니까.

어쩔 수 없군…….

나는 일어나서 주방 선반에 숨긴 것을 가져왔다.

"사실은 코노하나 양에게도 이런 걸 받았는데요."

그렇게 말하고 내가 탁자에 꺼낸 건.

"감자칩?"

유리가 의문을 말한다.

"그래. 평소와 다른 환경에서 하는 공부 모임이니까, 맞춰 준 것 같아."

"헤에~. 그렇다면 나도 그쪽에 맞추는 게 좋았겠구나."

이번 콘셉트는 서민풍 공부 모임이므로, 다과에 감자칩이란 발상은 칭찬받는 분위기였다. 텐노지 양이 끙끙 소리를 내며 아쉬워한다.

실제로 이건 히나코의 비위를 맞출 긴급 수단으로서 나와 시즈네 씨가 숨긴 것이었다.

"저도 평소 먹지 않는 거니까, 기대돼요."

그렇게 말한 히나코의 시선은 아까부터 감자칩에 고정되어 있었다.

눈빛이 완전히 사냥개다.

(공부에 잘 집중해 줄까……?)

앞길이 참 불안하다.

그러나 막상 탁자에 교과서를 꺼내자 모두가 말없이 집중한다. 근본이 성실한 키오우 학원 학생답게 의식을 전환했다. 문득 시선을 들어 보니 유리가 조금 놀란 눈치였지만, 곧바로 본인도 집중했다. 이 성실함에 놀라는 마음은 잘 이해할 수 있다.

그러나 딱딱한 분위기인가 하면, 꼭 그렇지도 않아서——.

"맛있군요."

종종 과자를 먹으며 잡담한다.

텐노지 양은 감자칩을 신기해하며 먹었다.

"감자를 얇게 썰어서 튀긴 거로군요. 조금 짠 것이 마음에 걸리지만요."

텐노지 양의 반응이 대표적인 좋은 집안 아가씨의 사례라고 믿고 싶다. 히나코, 제발 부탁이니까 다른 사람이 감자칩에 손댈 때마다 살벌한 표정을 짓지 마.

"나리카는, 먹어 본 적이 있지?"

"그래. 구멍가게에서 파니까. 가끔 세 봉지 정도를 한꺼번에…… 히익?! 코, 코노하나 양?! 어, 어째서 흘겨보는 것이냐?!"

"기분 탓이 아닐까요?"

히나코는 시치미를 뗐다.

무척 부러웠나 보다.

"분위기가 나쁘지 않군요……."

텐노지 양이 주위를 슬쩍 보며 말했다.

"이렇게 마음 편한 곳에서 다른 사람과 지내는 건 흔하지 않은 경험이어요. 키오우 학원에도 이런, 바닥과 탁자만 있는 장소가 있어도 될 텐데 말이어요."

"텐노지 양도 그렇게 생각하나요?"

"잡다한 분위기를 마음 편히 여길 감수성은 있답니다?"

텐노지 양 같은 사람에게, 이런 환경은 호기심을 채우는 것 말고는 수요가 전혀 없을 줄 알았는데, 의외로 꼭 그렇지만은 않은 듯하다.

(생활력 없음)
~영애들이 다니는 명문 학교에서 제일가는 **아가씨**를 남몰래 돕는 시중 담당이 되었습니다~ 5

"어쩐지 오늘은 이츠키 씨가 평소보다 편안해 보인답니다. 역시 이 집이 이츠키 씨에게 가장 익숙한 장소이니까 그런 거겠죠."

"그러네요……."

집은 둘째 치고, 나도 이런 느낌이 나는 장소가 키오우 학원에도 있으면 좋겠다.

매번 고급스러운 카페와 레스토랑에 가면 긴장하고 만다. 시중 담당으로서 배부른 소리를 해서는 안 되지만, 본심으로는 조금만 더 잡다하고 긴장이 풀리는 장소도 있었으면 한다. 키오우 학원에 그런 데가 있으면 정기적으로 피난하고 싶어질 것 같다.

그런 걸 생각했을 때, 문득 히나코가 나를 쳐다보는 게 느껴졌다.

"코노하나 양, 무슨 일 있나요?"

"아뇨. 그게……."

완벽한 영애 모드인 히나코답지 않게, 대답을 얼버무렸다.

그러나 그건 한순간뿐. 평소 시중 담당으로서 히나코를 곁에서 지켜본 나 말고는 눈치채지 못했을 것이다.

"토모나리 군이 무엇을 공부하는지, 조금 궁금해서요."

히나코는 곧바로 대답했다.

아쉽게도 그것이 진심인지, 아니면 잽싸게 입 밖으로 나온 핑계인지는 모르겠다.

"저는 지금, 여름 강습에서 공부한 걸 복습하고 있어요."

"서, 성적 우수자로 뽑혔는데, 이츠키는 정말 노력파구나."

"나리카는 조금만 더 애써야 할걸."

"큭, 긁어 부스럼이었나……!"

나리카는 내 눈을 피했다.

나도 궁금해진 게 있어서 유리의 앞에 있는 참고서를 본다.

국어나 수학 같은 일반적인 과목을 공부하는 줄 알았는데, 그 참고서에는 낯선 그림과 그래프가 실려 있었다.

"유리는 뭘 공부하는 거야?"

"조리사 면허 필기야. 난 고등학교를 졸업하고 나서 조리사 학교에 가지 않고, 가게에서 일하면서 면허를 따려고."

그건 예전에도 자주 들었던 것 같다.

유리도 참 고생이 많다. 하지만 본인은 만족하겠지. 글씨로 빼곡하게 채운 노트에서 유리의 열정이 느껴진다.

"다른 이야기지만, 얼마 전에 코노하나 그룹 계열사에서 직장 내 갑질 문제로 사원을 해고했죠?"

텐노지 양이 펜을 움직이며 말했다.

그 화제는 어떻게 반응해 좋을지 몰라서 침묵하고 말았다. 나도 아는 이야기지만, 이렇게 자연스레 말해도 되는 걸까?

나와 유리가 난처해하자, 텐노지 양이 펜을 멈췄다.

"딱히 긴장할 필요는 없답니다. 우리 같은 사람들의 집안 규모를 생각하면, 이러한 불상사는 반드시 생기는 법이죠. 그렇다고 해서 마음이 아프지 않은 건 아니지만요……."

"그래요. 저도 안타까워요."

히나코가 고개를 끄덕인다.

"그런 뉴스가 있었어?"

"일반에는 공개되지 않았지만, 업계인이라면 얼마든지 알 방법이 있답니다. 나는 친구…… 라이벌의 정보를 항시 파악하고 있으니까요."

유리의 의문에 텐노지 양이 대답했다.

딱 봐도 중간에 말을 바꿨지만, 지적하진 말자.

텐노지 양의 뺨이 희미하게 빨개졌다.

"그나저나 해고는 참 드문 일이군."

나리카가 말했다.

"무슨 뜻이야?"

"해고는 그만큼 무거운 징계 처분이니 말이지. 특히 징계 해고는 한 해에 50건도 안 될 거다. 직장 내 갑질을 이유로 해고했다면, 몹시 악질적인 상습범이었던 거겠지."

뉴스에서 자주 보는 건 횡령이나 사기 같은 일로 발생하는 해고다. 이건 회사 규정 위반을 따지기 이전에 범죄 행위다. 그 점에서 직장 내 갑질 문제는 해고에 이를 때까지 몇 가지 단계가 있을지도 모른다.

"참고로 텐노지 양의 회사는, 직장 내 갑질에 따른 징계 처분이 그룹 규모에 비해 세계적으로도 드물 정도로 적다고 한다."

"헤에……."

왠지 모르게, 그럴 것 같았다.

키오우 학원에 있을 때의 텐노지 양은 다른 사람과의 관계와 배려를 중시한다. 텐노지 그룹은 인재를 소중히 여기는 조직인 거겠지.

"미야코지마 양, 잘 아는군요. 우리 집안의 일도."

"그, 그렇지!"

앞에 놓인 과제가 잘 풀리지 않는지, 나리카는 기회가 왔다는 것처럼 당당하게 굴었다.

"키오우 학원도 슬슬 2학기가 시작된다. 그 프로그램이 시작될 것을 생각하면, 미리 경영에 관해서 공부해야 하겠지."

"어머, 그러면 우리는 라이벌이 될지도 모르겠군요."

"그그그그그그그런 뜻으로 한 말은……."

"너무 동요하는군요."

얼굴이 창백해진 나리카를 보고, 텐노지 양이 쓴웃음을 짓는다.

그 프로그램……?

그건 대체 뭘까?

의문을 느끼면서, 찻주전자를 들어 올린다. 다 떨어졌는지 생각보다 가벼웠다.

"마실 것이 다 떨어졌으니까, 편의점에서 사 올게요."

생각했던 것보다 과자를 많이 받아서 차를 빨리 소비하고 말았다. 수돗물 정도는 얼마든지 낼 수 있지만, 좋은 집안 아가씨들에게 내놓기는 미안하다.

자리에서 일어난 나는 텐노지 양을 봤다.

"그러고 보니 텐노지 양, 편의점에 흥미가 있다고 했었죠. 괜찮다면 같이 갈까요?"

"네? 그, 그래요! 동행하겠어요!"

텐노지 양이 다소 곤혹스러운 눈치를 보이면서도 자리에서 일어난다.

함께 집을 나서고, 나는 안도하며 한숨을 쉬었다.

"좋아. 이제 평범하게 말할 수 있어."

공부 모임 계획에 관해서 상의했을 때, 단둘이서 이야기하기로 약속했다. 그걸 무사히 지킬 수 있어서 안도한다.

그런데 텐노지 양은 그런 나를 흘겨보듯 봤다.

"하는 짓이 참 능숙해요……."

"어?"

"이런 식으로 사람들을 홀린 거군요."

"무슨 말을 그렇게……."

내가 생각해도 묘안 같았는데…….

"전화할 때 그렇게 아쉬워하는 티를 내면 누구나 이러고 싶어질걸."

"그, 그렇게 아쉬워한 적은…… 없지는 않지만요."

텐노지 양은 자신이 없는지 말끝을 흐렸다.

"나는 말투로 거리를 느끼는 성격이 아니니까 내가 먼저 제안하는 일은 없겠지만, 텐노지 양이 필요하다면 바로 말해 줘."

"저도, 딱히 거리를 느끼는 건 아니랍니다."

텐노지 양은 당연하다는 듯이 말했다.

나는 아르바이트를 하면서 상하관계에 익숙했기 때문에 존댓말을 쓰는 것에 딱히 거부감이 없었다. 그러나 생각해 보면 텐노지 양이 더 익숙하겠지. 이러니저러니 해도 텐노지 양은 코노

(생활력 없음)
~영애들이 다니는 명문 학교에서 제일가는 **아가씨**를 남몰래 돕는 시중 담당이 되었습니다~ 5

하나 그룹과 어깨를 나란히 하는 텐노지 그룹의 영애다. 존댓말을 주로 쓰는 엄숙한 자리에 헤아릴 수 없을 만큼 출석했다.

"하지만 이츠키 씨는 평소 신분을 숨겨야 하니까요."

"윽."

"존댓말을 쓰는 이츠키 씨도, 이츠키 씨가 맞지만…… 원래 말투로 이야기할 때가 왠지 본성을 더 드러내는 것처럼 느껴진답니다."

"본성은 무슨……."

딱히 성격을 구분해서 쓰는 것도 아닌데…….

"혹시 지금의 나랑 평소의 나는, 많이 달라……?"

"원래 말투를 쓰는 이츠키 씨는, 종종 나를 놀려요."

"어? 그래?"

"그래요! 여름 강습 때도, 제가 캔주스를 따지 못해서 곤란해할 때 이츠키 씨는 큰 소리로 웃었답니다! 게임 센터에서 놀 때도, 내가 규칙을 모른다는 사실만으로 웃었답니다!"

"아니, 그건 텐노지 양이 재밌으니까 나도 모르게 그만……."

"보세요! 지금도! 내가 뭐랬어요!"

텐노지 양은 귀엽게 툴툴대며 나를 손으로 가리켰다.

그렇군. 듣고 보니 정말로 예의를 차릴 때보다 평범한 말이 나오는 것 같다. 평소엔 입 밖으로 꺼내지 않을 뿐이지, 속으로는 똑같이 생각하지만.

"아, 그 길을 꺾으면 나와. 참고로 묻겠는데, 텐노지 양은 편의점을 알아?"

"알아요! 무시하지 마셔요!"

아무리 그래도 편의점 정도는 알고 있나 보다.

그러나 텐노지 양은 편의점에 들어간 뒤, 계산대 앞에 있는 핫스낵을 보고 신기해하며 중얼거렸다.

"이 식품 샘플, 참 정교하군요."

"푸흡."

계산할 때 사 줬더니 텐노지 양이 무척 놀랐다.

◆

오후 5시. 공부 모임이 끝나고, 우리는 해산하기로 했다.

집 앞에는 새까만 차가 두 대 서 있다. 텐노지 양과 나리카를 데리러 온 차다.

"다음에는 학교에서 보겠군요."

"그러네요."

키오우 학원의 2학기는 앞으로 일주일 남았다. 나는 안 그래도, 텐노지 양과 나리카는 바쁜 몸이니까, 다음에 보는 날은 개학식 때겠지.

"히라노 양, 이쪽으로 오셔요."

"응. 텐노지 양, 고마워."

유리는 걸어서 여기까지 왔지만, 가는 길에 텐노지 양이 차로 태워 준다고 한다.

차에 탄 유리는 상상했던 것보다 좌석이 푹신푹신했는지 말없

이 등받이를 만지고 있다.

"음? 코노하나 양은 아직 안 가는 것이냐?"

차가 한 대 부족한 것을 눈치챈 나리카가 히나코에게 물었다.

"아뇨. 마중을 나오는 차가 조금 늦어지는 것 같아서요."

"그, 그렇다면 우리 차에 타도 된다만……."

"고맙습니다. 하지만 몇 분 뒤에는 올 것 같으니까, 걱정하지 않으셔도 돼요."

"그, 그런가? 그러면, 저기, 나는 이쪽에서……."

비록 베풀려고 한 후의가 받아들여지진 않았지만, 나리카도 나름대로 용기를 내서 제안한 거겠지. 남들과 말도 제대로 못 하던 예전을 생각하면 성장을 엿볼 수 있다. 나는 눈물이 찔끔 났다.

게다가 솔직히 말해서, 이렇게 작은 집 앞에 새까만 차가 몇 대나 서 있는 광경은 너무 눈에 띈다. 이상한 소문이 나기 전에 일찍 해산하는 게 좋으리라.

"아?! 마, 맞아! 코노하나 양!"

텐노지 양의 차에 탄 유리가 갑자기 다급한 소리를 냈다.

유리는 가져온 가방 안에서 손잡이가 있는 종이봉투를 꺼내 히나코에게 건넸다.

"깜빡했어. 이거, 빌려줄게. 꼭 읽어 봐."

"이게 뭐죠……?"

"예전에 나한테 상담해 준 게 있잖아? 아마 그걸 보면 해답을 찾을 수 있을 거야."

"고맙습니다……."

히나코는 머리를 깊이 숙였다.

뭔가 중요한 선물일까?

"유리, 뭘 빌려준 거야?"

"비밀!"

궁금해져서 물어봤는데, 유리는 알려주지 않았다.

유리는 모르겠지만, 이 주변에는 코노하나 가문 경호원의 감시망이 깔렸다. 옆집 창문과 어둑어둑한 뒷골목, 그리고 길 가는 사람들에게서 무수한 시선이 그 종이봉투에 쏠렸다.

이윽고 소녀들이 탄 차가 멀어진다.

차가 골목을 꺾어 보이지 않게 되었을 즈음, 나는 안도해서 한숨을 쉬었다.

"갔네……."

"갔군요."

"으헉?!"

갑자기 등 뒤에서 사람 목소리가 들려서, 나는 펄쩍 뛰었다.

"시, 시즈네 씨, 언제……."

"비밀이에요."

유리에 이어서, 시즈네 씨도 비밀을 만들었다.

정말로 어디서 나타났는지 모르겠지만, 이걸 봐서는 우리가 모르는 데서 몰래 주변을 감시한 거겠지.

지하 통로 같은 걸 몰래 만들진 않았겠지……?

"흐에에……."

히나코가 긴장을 푼다.

물론 마중하러 올 차는 준비하지 않았다. 히나코는 나와 함께 이 집으로 돌아갈 거니까.

"아가씨, 혹시 모르니 받으신 봉투의 내용물을 확인하겠습니다."

"응……. 여기 있어."

히나코는 유리에게 받은 종이봉투를 시즈네 씨에게 건넸다.

내용물을 슬쩍 본 시즈네 씨는 눈을 살짝 동그랗게 떴지만, 금방 고개를 끄덕였다.

"문제없군요."

시즈네 씨는 종이봉투를 히나코에게 돌려줬다.

"시즈네 씨, 내용물이 뭐죠?"

"히라노 님이 비밀로 하셨다면, 저도 대답할 순 없습니다. 손님의 사생활을 지키는 것도 메이드의 일이니까요."

공사를 혼동하는 일은 용납하지 않는다. 올바르고 공평한 메이드였다.

그렇게 말하면 나도 물러날 수밖에 없는데…….

"평소의 메이드 차림이 아니네요."

"때로는 눈에 띄는 것을 실례로 받아들일 수 있으니까요."

요컨대 불필요하게 눈에 띄는 것을 피한 듯하다.

공부 모임 전, 집을 나섰을 때의 시즈네 씨는 메이드 차림이었던 것 같은데, 지금은 사복 차림이었다.

하얀 셔츠에 발목까지 내려오는 검정 플리츠 스커트…… 평소의 시즈네 씨를 아는 나로선 왠지 메이드 차림을 떠올리게 하는 흑백 조합이었다. 깔끔하고 차분한 인상을 준다.

그때, 나는 여름 강습에서 있었던 일을 떠올렸다.

히나코와 유리, 다른 아가씨들이 일제히 수영복 차림을 선보였을 때, 유리는 내게 뭔가 할 말이 없냐고 했었다. 그 말이 뇌리에서 되살아난다.

"저기, 잘 어울리네요."

"의무감이 드러났군요. 감점."

무슨 점수에서 깎는 거지…….

창백해진 내게, 시즈네 씨는 희미하게 소리를 내 웃었다. 기분이 상한 건 아닌가 보다.

집에 들어간다. 탁자 위는 깨끗하게 정리되었고, 옆에 있는 쓰레기통에는 빈 감자칩 봉지가 버려져 있었다. 중간부터 히나코가 몰래 두 개씩 집어서 이상하게 빨리 사라졌는데, 유리가 '감자칩은 봉지 크기에 비해서 양이 적어.' 라고 슬쩍 말해서 문제가 생기진 않았다.

아무튼 아무 문제도 없이 공부 모임을 마쳐서 다행이다.

다들 집중할 수 있었던 것 같고, 여름 방학 마지막의 좋은 추억을 만들지 않았을까?

"이츠키 씨."

탁자와 쿠션을 원래 위치로 돌려놓고 있을 때, 시즈네 씨가 내게 말을 걸었다.

"지금부터 시간을 내줄 수 있을까요?"

"괜찮아요. 일과도 끝났으니까요."

"그렇다면 같이 저녁 장을 보러 가주실 수 있을까요."

얼떨결에 반응이 늦어지고 말았다.

시즈네 씨가 내게 의지하는 일은 드물다. 하지만 그만큼 의욕이 생긴다.

"알겠습니다. 저라도 괜찮다면 얼마든지 도울게요."

내가 대답하자, 시즈네 씨는 히나코를 봤다.

"아가씨께선 어쩌시겠습니까?"

"이젠 무리…… 잘래……."

히나코는 바닥에서 뒹굴뒹굴 구르고 있었다.

장시간 공부에 집중하는 바람에 지친 듯하다.

"그렇다면 우리끼리 가 볼까요. 아가씨께선 집을 지켜주시길 바랍니다. 이 부근에는 경호원도 대기 중이니, 무슨 일이 생기면 편히 써 주세요."

"응."

◇

이츠키와 시즈네가 집을 나선 뒤.

히나코는 쿠션을 베개 삼아 자려고 했지만, 몸을 누웠을 때 유리에게 받은 종이봉투가 시야에 슬쩍 들어왔다.

(자기 전에…… 조금만.)

이미 졸음이 한계에 가까워서 금방 잘 작정이지만, 일단 유리가 준 것을 확인해 보자.

종이봉투 안에 있는 것을 꺼낸다.

그것은——.

"책……?"

대량의 서적이었다.

그 표지와 띠지를 보고, 히나코는 더욱 고개를 갸웃거린다.

"순정, 만화……?"

만화 띠지에는 '지금 가장 잘나가는 순정 만화!' 라는 선전 코멘트가 달려 있었다. 보아하니 이 책은 순정 만화라고 하는 것 같다.

"꽃보다 교자…… 그대에게 닿기를…… NYANYA……."

순정 만화의 제목을 소리 내서 읽어 본다. 그 밖에도 여러 가지가 있었다.

하나같이 들어본 적이 없지만, 시험 삼아 페이지를 넘겨 본다.

"이건……."

히나코는 곧바로 몰두했다.

무대는 주로 학교였다. 이츠키가 다녔던 일반적인 학교에서, 키오우 학원처럼 부잣집 자녀가 다니는 학교까지, 다양하게 등장한다.

주인공은 기본적으로 평범한 여고생.

이야기의 초반부는 대체로 비슷했다. 주인공 여고생이 우연한 일로 남자와 만나고, 친해지고, 조금씩 거리가 가까워진다.

어느새 주인공은, 그 남자를 의식하게 되고——.

"이건……!"

히나코는 놀랐다.

(나랑, 완전히 똑같아……!)

만화에서 묘사하는 주인공의 마음이, 자신이 안고 있는 것과 똑같았다.

다가가기만 해도 심장이 뛴다. 날이 갈수록 커지는 두근거림은, 자기 자신도 곤혹스러울 지경. 때로는 가슴이 답답해질 때도 있지만, 그렇다고 해서 멀어지고 싶지는 않은 신기한 감정.

만화 주인공도, 이 감정에 희롱당하고 있었다.

(다음 걸 보면 이 마음의 정체를 알지도 몰라……!)

그러니까 유리도 이 만화를 자신에게 빌려준 것이리라.

히나코는 정신이 번쩍 들어서, 흥분한 기색으로 만화에 푹 빠져들었다.

──왜 그럴까. 머릿속이, 그 사람 생각으로 가득할 때가 있어.

만화 주인공은 우연히 의식하게 된 남자를 생각하고 있었다. 수업 중에도, 밥을 먹을 때도, 침대에 누워 자려고 할 때도, 무심코 생각하고 만다.

(알 것 같아…….)

히나코도 그랬다. 같은 차를 타고 학교로 갈 때도, 수업을 들을 때도, 같이 목욕할 때도, 이츠키의 방에서 뒹굴뒹굴할 때도…… 무심코 이츠키를 생각하고 만다.

요새는 참 애쓰는구나.

예전보다 매너가 몸에 뱄구나.

(생활력 없음)

공부하느라 힘들겠구나.

나를 소중히 여겨 주는구나.

히나코는 쭉 그런 생각을 했다.

페이지를 넘긴다.

——왜 그럴까. 그 사람이 다른 여자와 이야기하는 것만 봐도 가슴이 답답해.

만화 주인공은 의식하는 남자가 다른 여자와 이야기하기만 해도 숨이 막힐 듯 답답해졌다. 표정을 굳히고, 한편으로는 그 남자에게 들키지 않게끔 몰래 가슴을 붙잡고 있었다.

(무척, 알 것 같아…….)

히나코도 그랬다.

이츠키가 키오우 학원에서 다른 여자와 이야기할 때는 솔직히 정신이 없었다. 그대로 어디론가 가 버리는 게 아닐까. 그런 불안을 무심코 느낀다.

하지만 결국 그것이 괜한 걱정으로 그칠 때가 많다.

불안해져서 쳐다보면, 그걸 알아챈 것처럼 이츠키가 돌아봐 주는 것이다. 그리고 자신을 안심시키듯 슬며시 미소를 지어 준다.

그럴 때마다, 역시 이츠키는 자신을 봐 준다고 이해한다.

마음속에, 참을 수 없는 온기와 답답함이 동거한다.

이 마음은 대체 뭘까?

페이지를 넘긴다.

──아아, 이게 사랑이구나.

만화 주인공은 마침내 자신의 감정을 깨달았다.

"──?!"

놀란 나머지, 히나코는 만화에서 눈을 뗐다.

충격적인 전개에, 히나코는 무심코 주위를 두리번두리번 살폈다. 그러나 지금은 믿음직한 메이드도, 시중 담당도 없다.

히나코는 마음을 굳히고, 다시 만화를 보기 시작했다.

(사랑? ……사랑?! 사랑이, 뭐야……? 어쩌면 좋아……?!)

만화 주인공은 사랑을 깨달은 순간 얼굴이 빨개졌다.

히나코도 똑같이 얼굴을 붉히고 다음 페이지를 본다.

(어, 어째서, 이렇게 갑자기 달라붙어서…… 하, 하지만, 무척 행복해 보여…….)

만화 주인공은 의식하는 남자에게 적극적으로 어필했다.

길거리를 걸을 때는 손을 잡는다. 그것도 서로 깍지를 끼듯 잡는다.

부끄럽지도 않은지, 단둘이 있을 시간을 원한다고 스스로 주장한다.

그러나 그건 남자도 마찬가지였다.

그렇듯 두 사람은 흥분과 불안이 뒤엉킨 밀고 당기기 속에서, 조금씩 거리를 좁히고──.

(어……어, 어, 어……?! 왜, 왜 입과 입을 맞대는 거야……?)

조금 뒤늦게, 그것이 키스라고 하는 행위임을 깨달았다.

코노하나 히나코, 16세. 아버지의 의향으로 어릴 적부터 전문 지식을 배웠지만, 연애에 관해서는 일절 배우지 않았다.

그래도 코노하나 그룹의 영애로서, 혹은 키오우 학원의 학생으로서, 여러 사람과 접하는 동안 최소한의 지식을 익혔다. 그러나 안타깝게도 경험이 부족한 탓에 지식과 현실이 맞물리지 않는다.

그래서 히나코에겐 이것이 처음이었다.

히나코는 난생처음으로, 남 일이 아니라 당사자로서, 연애와 마주했다.

──나는, 너를 원해.

──나도, 당신을 원해.

어느새 두 남녀는 이전과는 비교도 안 될 만큼 친밀한 관계가 되었다.

두 사람은 베란다에서 키스한다.

그 장면을 보고, 히나코는…… 등장인물들을 자신들로 변환했다.

──히나코.

눈앞에 선 이츠키가, 히나코의 눈을 똑바로 봤다.

──나는, 너를 원해.

그렇게 말하고, 이츠키는 입술을 가까이하더니──.

"……!!"

히나코는 고개를 도리도리 저었다.

(나는, 대체 뭘 생각한 거야……?!)

머릿속에 떠오른 망상을 필사적으로 떨쳐낸다.

그러나 아무리 떨쳐내도 자신이 그런 망상을 했다는 사실만은 잊을 수 없다.

만화 주인공도 똑같은 짓을 했다.

(좋아한다는 게, 이런 거야……?)

이 감정은 오래전부터 있었다. 지적당한 건 여름 강습 때지만, 이 감정 자체는 그보다 훨씬 전부터 마음속에 끌어안고 있었다.

이츠키가 시중 담당이 되어 주고, 한 달이 지났을 무렵.

시중 담당을 그만두게 된 이츠키는, 그런데도 자신을 위해 저택으로 돌아와 주었다.

그리고 창문에서 뛰어내린 자신을, 이츠키는 필사적으로 받아 주었다.

지금 생각해 보면, 그때였다.

그 순간부터—— 줄곧 마음속에 이 감정을 끌어안고 있었다.

(나는, 이츠키랑, 이러고 싶은 거야……?!)

그 순간부터, 자신은 이츠키와 이러고 싶다고 생각했던 걸까?

줄곧, 오래전부터, 이렇게 되기를 바란 걸까?

"하으……."

그건 왠지 몹시 부끄러운 것 같아서…….

적어도, 유리에게는 그걸 들킨 것 같아서…….

"하으으으으으으……."

코노하나 가문의 핏줄인 히나코의, 우수한 고성능 뇌가, 태어나서 처음으로 펑크났다.

◆

　슈퍼에서 장을 본 나와 시즈네 씨는 장바구니에 식재료를 담고 있었다.

　"이츠키 씨, 도와주셔서 감사합니다."

　"아뇨. 이 정도는 쉬운 일이죠."

　이번에는 며칠 치 식재료를 샀다. 마실 것과 조미료는 집에 있으니까 무거운 건 사지 않았지만, 혼자 운반하기에는 조금 버거운 양이다.

　"하지만 의외인걸요. 시즈네 씨도 장을 보면서 고민할 때가 다 있군요."

　"당신은 저를 뭐라고 생각하는 거죠. 오랜만에 일반 슈퍼마켓을 이용하니까, 아가씨의 입맛에 맞는 재료를 알 수 없었을 뿐이에요."

　실제로 시즈네 씨는 식재료를 고르는 시간이 길었다. 당근 하나를 고를 때도, 뭐가 히나코의 입맛에 가장 맞을지 음미했다.

　"평소에 식재료는 어떻게 구하죠?"

　"전부 외부에 주문합니다. 이츠키 씨의 집에서 지낼 때는 식재료도 집으로 보내게 하는 것을 검토했지만, 생각했던 것보다 경비가 많이 들 것 같아서 단념했죠."

　"절약할 때는 절약하는 거군요."

　"아가씨의 체면을 유지할 수 있는 범위에서, 경비를 얼마나 절감할 수 있을지…… 그걸 생각하는 것도 메이드의 일입니다.

(생활력 없음)
~영애들이 다니는 명문 학교에서 제일가는 **아가씨**를 남몰래 돕는 시중 담당이 되었습니다~ 5

지금 우리가 걸어서 돌아가는 것도 그런 차원이죠."

히나코가 있으면 차를 불렀겠지.

마음만 먹으면 차 정도는 간단히 부를 권력이 있을 텐데도, 시즈네 씨는 그러지 않았다.

"죄송한데 잠시 화장실에 다녀올게요."

"알겠습니다. 밖에서 기다리죠."

시즈네 씨에게 장바구니를 맡기고, 슈퍼마켓 입구에 있는 화장실로 간다.

여자가 두 손에 짐을 들고 기다리게 하긴 미안하니까, 최대한 서둘렀다. 시즈네 씨는 신경 쓰지 않는 기색이지만, 내가 신경 쓰인다.

(어? 시즈네 씨는…….)

슈퍼마켓에서 나왔는데도 시즈네 씨가 보이지 않았다.

집이 있는 쪽으로 걸어가 본다. 그러자 상점가 입구에서 시즈네 씨를 찾았다.

시즈네 씨는 옷 가게의 쇼윈도를 말없이 보고 있었다. 마네킹이 입은 옷은 10대 소녀가 좋아할 법한, 귀엽고 나풀나풀한 옷……. 약간 유치해서 붕 뜬 느낌이 이 상점가의 가게답다. 젊은이들을 위한 가게와는 다소 거리가 먼 듯하다.

그 옷을, 어째서인지 시즈네 씨는 진지하게 보고 있었다. 히나코는 어울릴 것 같지만, 이걸 시즈네 씨가 입은 모습은 솔직히 상상할 수 없다.

하지만 흥미진진한 것 같아서…….

"저기, 한번 입어 보실래요?"

"?!"

내가 말을 걸자, 시즈네 씨는 신기하게도 당황한 기색으로 돌아봤다.

"아, 아니에요. 딱히 제가 입고 싶은 건 아닙니다."

"아뇨. 괜찮은데요. 정 뭐하면 비밀로 하겠는데……."

"아니라고 했어요."

"아, 그렇죠. 죄송합니다."

무시할 수 없는 위압감과 함께 나를 째려봤다.

필사적으로 얼버무리는 줄 알았는데, 분위기로 봐서는 정말로 아닌 듯하다.

"그게…… 집이 의복과 관계가 있어서, 흥미가 생겼을 뿐이에요."

집으로 걸으면서 시즈네 씨가 말했다.

말하는 것으로 봐서는 가족이 의복과 관계가 있는 일을 하는 게 아니라, 집안이 의복과 관계가 있는 회사를 경영하는 것이리라. 평소 시즈네 씨의 일거수일투족에서 좋은 집안에서 자란 티가 나니까, 그렇다면 납득할 수 있다.

시즈네 씨는 왜 코노하나 가문의 메이드가 된 걸까?

요즘 시즈네 씨와도 평소와 다른 환경에서 지내는 탓인지, 나는 시즈네 씨의 과거와 가치관이 궁금해질 때가 많다.

"마침 잘됐으니까, 제 경력에 관해서 간단히 이야기하죠."

내 생각을 짐작했는지, 시즈네 씨가 설명하기 시작했다.

"키오우 학원이 국내에서 세 손가락에 꼽히는 명문 학교인 건 알죠?"

"어어, 네."

"즉, 그 밖에도 똑같은 수준의 학교가 두 군데 더 있습니다."

시즈네 씨는 검지와 중지를 세우고 말했다.

"저는 그중 한 곳에서 다녔어요."

"어?"

그건 몰랐다. 시즈네 씨는 학력도 무척 좋은가 보다.

"역시 시즈네 씨도 좋은 집안의 아가씨였군요."

"겉으로는, 말이죠."

시즈네 씨가 의미심장한 투로 말했다.

"우리 집은 20세기 초부터 이어진 의류업 회사였어요. 도쿄 증권시장 1부에도 상장했고, 한때는 영화를 누렸지만……버블 경제의 붕괴와 그 뒤로 이어진 시대의 흐름에 뒤처지는 바람에 경영이 힘들어져서, 최종적으로는 파산했죠."

기업 도산을 말하는 거겠지.

키오우 학원에서는 역사와 경영을 조합한 공부도 하므로, 나는 막연히 당시의 상황을 예상할 수 있었다. 버블 경제 붕괴 이후, 의류업계에선 패스트 패션이 대두했다. 버블 경제의 붕괴로 국민의 씀씀이가 줄어들고, 브랜드 상품을 취급하는 백화점이 침체할 무렵, *패스트 패션은 새로운 풍조가 되어서 업계의 조류를 바꿨다고 한다. 그러나 시즈네 씨의 집은 그 흐름을 타

* 패스트 패션 : 비교적 싼 가격대에 최신 유행을 반영하는 패션 풍조. 또는 그 상품.

지 못했던 것 같다.

"제가 그 학교에 다닐 수 있었던 이유는 두 가지 있습니다. 하나는 과거의 영화를 참작해 줬으니까. 나머지 하나는 부모님이 저를 이용해서 허세를 부리려고 했기 때문이죠. 그러나 실상은 이미 몰락한 몸. 예전에도 말했지만, 우리 집의 생활 수준은 일반 가정과 큰 차이가 없었습니다."

거기까지 말하고, 시즈네 씨는 뭔가 깨달은 것처럼 내 얼굴을 봤다.

"어떻게 보면 저와 이츠키 씨는 비슷한 처지였을지도 모르겠군요. 저도 집안 사정을 최대한 숨기며 동급생들과 지냈으니까요."

"듣고 보니 그러네요."

생각해 보면 시즈네 씨는 내 처지를 동정하고, 지금껏 여러 방면에서 배려해 주었다.

당사자였던 시절의 경험이 그렇게 한 걸지도 모른다.

"저는 외부의 평가와 실상의 차이에 답답함을 느끼면서도 수업에는 진지하게 임했습니다. 그 결과, 학교에서도 1, 2등을 다투는 성적을 거뒀죠."

전혀 비슷한 처지가 아니었다.

시즈네 씨와 나는 다르다. 주로 두뇌 면에서.

"그럴 때, 만난 거예요. 코노하나 가문의 장남…… 타쿠마 님과."

드디어 코노하나 가문과의 관계가 나왔는데, 시즈네 씨가 처음 꺼낸 건 히나코가 아니라 타쿠마 씨의 이름이었다.

"타쿠마 님은 저와 같은 학교에 다녔는데, 당시에도 바쁜 몸이어서 학교에는 좀처럼 모습을 드러내는 일이 없었습니다. 그러나 어느 날, 어디서 들었는지 모르지만 제 성적과 처지를 안 타쿠마 님은 일부러 집에 찾아와 '졸업 후에 정해진 진로가 없다면 우리 집에 오지 않겠어?'라고 제안해 주셨죠. 저는 진학을 검토해서 그때는 거절했지만…… 우여곡절을 거쳐, 1년 늦게 제안을 받아들였습니다."

"우여곡절, 말인가요."

"대충 말하자면, 대학 강의가 지루했으니까요."

너무 대충 말했다.

"이츠키 씨도 진학을 검토한다면, 대학은 진지하게 고르는 게 좋아요. 키오우 학원에 익숙해진 몸으로 평범한 대학에 가면 여러 가지 의미에서 당황할 거니까요."

나는 "잘 생각해 보겠습니다."라고 대답했다.

"그리고 마뜩잖지만, 당시의 저는 타쿠마 님을 다소 존경했으니까요. 어린 만큼 미숙했던 거지만, 학교에 다닐 적의 저는 주위를 깔아봤습니다. 집안은 이미 몰락했지만, 능력은 누구에게도 뒤지지 않는다고 말이죠. 그래서 주위에 있는 부잣집 자녀들이 온실에서 편하게 자라 무사태평한 사람으로 보인 거예요."

과거의 추태를 부끄럽게 여기듯이, 시즈네 씨는 시선을 내리고 말했다.

"그런 제 콧대를 꺾은 사람이 타쿠마 님이었죠. 학력도, 경험도, 그 사람만큼은 이길 수 없어서…… 이게 진짜 천재라고, 당시에는 전율했어요."

예전에도 시즈네 씨는 이렇게 말했다.

타쿠마 씨는 코노하나 가문의 핏줄에 걸맞은 능력이 있다고.

당시의 타쿠마 씨는 유망한 인재를 찾았던 걸까? 그렇다면 시즈네 씨는 투자할 가치가 있었을 것이다. 학교 성적도 무척 좋고, 나아가 졸업 후에도 집안을 잇는 게 아니다. 그런 시즈네 씨에게 제안한 건 올바른 판단 같았다.

"그렇다면 시즈네 씨는, 타쿠마 씨에게 감사하는 거군요."

"아뇨. 전혀요."

어라?

그런 흐름이 아니었나?

"막상 타쿠마 님의 아래에서 일하면서, 그때까지 느낀 은혜를 전부 청산했습니다. 그분은 진짜, 진짜 제멋대로 구니까요. 매일, 위장에 구멍이 나는 느낌이었죠."

"제멋대로 구는 걸로 치면, 히나코도 그런 것 같은데요……."

"훗."

시즈네 씨는 허탈하게 웃었다.

"타쿠마 님과 비교하면, 아가씨는 애교 수준이에요. 그분은, 눈을 떼면 남극에 있으니까요."

시즈네 씨가 눈에서 생기를 잃고 말한다.

제멋대로인 수준의 차원이 달랐다. 히나코는 체력을 쓰지 않으려고 하는 성격이라서 이러니저러니 해도 얌전하지만, 타쿠마 씨는 체력이 넘쳐서 주위를 휘말리게 하는 성격인 듯하다.

"그런 타쿠마 님의 분방함에 질려서 복학을 검토한 참에, 카겐 님의 알선으로 저는 아가씨를 모시게 되었습니다……. 그리고 지금에 이른 거죠."

그렇게 말하고, 시즈네 씨는 이야기를 마무리했다.

시즈네 씨도 지금의 위치가 될 때까지 무척 고생한 것 같다.

어째서 시즈네 씨가 메이드가 됐는지. 어째서 시즈네 씨는 히나코를 모시게 됐는지. 각각의 의문이 해소되었다.

하지만 한편으로, 나는 타쿠마 씨가 신경 쓰였다.

"저기, 시즈네 씨."

"무슨 일이죠?"

"사실은 요전번에 타쿠마 씨와 만났을 때, 마지막에 몰래 말해 준 게 있어요. '지금의 너는, 히나코가 머물 곳이 될 수 없어.' 라고 말이죠. 이건 무슨 뜻일까요?"

"그렇군요……. 이츠키 씨는 어떻게 생각하죠?"

질문에 질문으로 답한 이유는, 이 문제는 스스로 생각하는 게 중요하기 때문일 것이다.

하지만 나도 그 뒤로 이것저것 생각한 끝에 상담한 것이다.

"학력과 태도를 더 단련할 필요가 있지 않을까, 그렇게 생각했는데요."

"그렇군요. 일반적으로 생각하면 그렇겠지만…… 아마도 아니겠죠."

내 예상은 틀린 듯하다.

"타쿠마 님은 더 근본적인 부분을 지적했을 거예요. 성적도, 태도도 아닌……."

"시즈네 씨는, 타쿠마 씨가 뭘 말한 건지 아세요?"

"예상한 거지만요. 하지만 그걸 지금의 이츠키 씨에게 요구하는 건 솔직히 심한 것 같아요."

시즈네 씨는 복잡한 얼굴로 입술을 꾹 다물었다. 철저히 조언해야 할지, 아니면 아직 침묵해야 할지를 고민하는 거겠지. 타쿠마 씨의 진심은 내가 생각한 것보다 내게 민감한 문제일지도 모른다.

마침내 우리는 집에 도착했다.

현관문을 열자, 히나코가 소스라치게 놀랐다.

히나코는 손 근처에 있던 무언가를, 엄청나게 빠른 속도로 종이봉투 속에 쑤셔 넣었다.

"히나코, 뭐 해?"

"아무, 것도, 안 해써……!"

뭘 한 거지?

얼굴이 새빨갛다.

"아, 맞다."

나는 잊기 전에 장바구니에서 히나코에게 보여주고 싶은 것을 꺼냈다.

"시즈네 씨가 찾았는데, 목욕할 때 쓸 빗을 샀어. 샴푸로 감기 전에 빗으면 잘 씻어낼 수 있다고 하니까, 오늘부터 해보자."

사실은 시간을 들여서 꼼꼼하게 씻기만 해도 된다고 하지만,

(생활력 없음)

평소의 널찍한 욕실이라면 또 모를까, 지금 우리가 쓰는 욕조는 좁고 통기성도 별로니까 히나코는 언제나 일찍 나가려고 했다. 빗을 산 건 목욕 시간을 단축하기 위함이다.

조금은 흥미를 보일 줄 알았는데——.

"오……."

"오?"

"오, 오늘흔, 혼짜…… 목욕할, 꺼야……!"

히나코는 이상한 느낌으로 말했다.

예상하지 못한 반응에, 나는 잠시 넋이 나갔다.

"제가 뭘 실수한 걸까요?"

"아뇨. 괜찮아요."

불안해진 나를 아랑곳하지 않고, 시즈네 씨는 바닥에 방치된 종이봉투를 봤다.

시즈네 씨는 사정을 이해한 것처럼 고개를 끄덕이고.

"아가씨도, 성장 중이라는 뜻이에요."

"……?"

무슨 뜻인지 도무지 모르겠다.

조금 지나면 원래대로 돌아가려나……. 그렇게 생각하고, 지금은 신경 쓰지 않기로 했다.

그러나 내 예상은 빗나갔다.

그날부터 히나코의 상태가 이상해졌다.

4장 좋은 변화를 위해서

　이튿날 아침.

"시즈네 씨. 안녕하세요."

"그래요. 안녕하세요."

눈을 뜨자 이미 시즈네 씨가 일어나 있었다. 검고 긴 머리는 조금도 헝클어지지 않았고, 옷도 메이드 옷으로 갈아입었으니까 같은 타이밍에 일어난 건 아닌 듯하다.

"아침 준비가 다 됐어요. 드시겠어요?"

"네. 고맙습니다."

탁자를 둘 공간을 확보하고자 파티션을 움직인다.

그때, 조금 시끄럽게 했는지 히나코가 깼다.

다시 잘 줄 알았는데, 나와 눈이 마주친 순간——.

"으, 흐……으?!"

히나코는 눈을 확 뜨고 힘차게 몸을 일으켰다.

"안녕, 히나코. 오늘은 일찍 일어났네."

"……어, 얼굴, 씻고 올래."

히나코는 희미하게 얼굴을 붉히고 허둥지둥 화장실로 갔다.

역시 상태가 이상하다. 하룻밤이 지나면 괜찮아질 줄 알았는데…….

이불을 정리해서 벽장에 넣고 탁자를 설치하고 있을 때, 히나코가 돌아왔다.

"잘 먹겠습니다."

히나코가 일어났으니까, 식탁에는 세 사람이 먹을 식사가 차려졌다.

메뉴는 베이컨, 오믈렛, 샐러드, 빵…… 양식 아침 식사 같다.

처음에는 목을 축이려고 앞에 놓인 잔을 들었다.

안에는 채소 주스 같은 것이 있었다.

"이거, 혹시 직접 만드신 건가요?"

"그래요. 어제 산 믹서로 스무디를 만들어 봤어요."

역시나 메이드장. 뭘 하든지 본격적이다.

노릇노릇하게 구운 베이컨도, 반숙이라서 속이 걸쭉한 오믈렛도 맛있다.

시즈네 씨의 요리 솜씨에 감동하고 있을 때, 히나코가 아까부터 한 입도 안 먹고 멍하니 있는 걸 눈치챘다.

"어쩔 수 없지."

키오우 학원의 점심시간. 둘이서 도시락을 먹을 때, 히나코는 가끔 이럴 때가 있다.

나는 스푼으로 오믈렛을 떠서 히나코의 입으로 가졌다.

"자."

평소처럼 먹여 주길 바라는 거겠지.

그렇게 생각했는데, 히나코는 깜짝 놀라 나를 보더니.

"아아아, 아니야……!"

"어? 그러면 왜 안 먹는 건데?"

스푼을 내려놓고 물어본다.

그러자 히나코는 고개를 숙이며 대답했다.

"가, 가까워……."

호박색 머리카락 틈새로 보인 히나코의 귀는 잘 익은 사과처럼 새빨갛게 물들었다.

그건 나와 히나코의 거리를 말하는 걸까……?

우리는 지금 옆에 나란히 앉았다. 그러나 그 거리는 평소 저택에서 식사할 때와 크게 다르지 않다.

"하지만 히나코, 먹다가 자꾸 흘리잖아."

"윽."

연기를 푼 원래 히나코도 평범하게 식사할 수 있지만, 한눈팔거나 잠이 덜 깨거나 해서 툭하면 입에서 음식을 흘렸다.

그걸 방지하는 것이 시중 담당인 내 일이다.

"오, 오늘은, 잘할 거야……!"

그렇게 말하고, 히나코는 막 욱여넣듯이 음식을 입에 넣었다.

그러나 급하게 먹는 바람에 뺨에 오믈렛이 묻었다.

"히나코. 잠깐 가만히 있어."

나는 식탁 중앙에 있는 종이 냅킨을 집어서 히나코의 뺨을 닦았다.

"자, 됐어."

왠지 소고기 덮밥집에서도 비슷한 짓을 한 것 같다는 생각이

(생활력 없음)

~영애들이 다니는 명문 학교에서 제일가는 **아가씨**를 남몰래 돕는 시중 담당이 되었습니다~ 5

조금 들었다.

그러나 히나코는 그런 나와 다르게 어째서인지 입을 뻐끔거리더니——.

"아으으으~~~~!!"

"히나코?"

히나코는 무척 부끄러운 듯이, 얼굴이 새빨개졌다.

평소 하는 일인데…… 대체 무슨 일이지?

◆

오후. 나는 일과인 예습, 복습을 했다.

오늘은 수학을 공부한다. 어제 공부 모임에서 텐노지 양이 난데없이 문제를 만들어 주었는데, 그게 안 풀려서 수학 복습이 부족함을 깨달았다.

다른 사람과 함께 공부해서 얻는 것도 많다. 아르바이트에 찌들어 살다가 다른 사람과 교류하지 못했던 예전 생활에서는 깨닫지 못했던 사실이다.

그때, 문득 시선을 느끼고 고개를 들었다.

"히나코, 무슨 일 있어?"

"아, 아무 일도 아니야."

히나코는 시선을 홱 돌렸다.

그러나 내가 공부에 집중하자…… 또 시선이 느껴진다.

"히나코?"

"아무 일도, 아니야."

"아니, 그런 것치고는 아까부터 자꾸 보는데⋯⋯."

"⋯⋯⋯⋯⋯⋯기분 탓이야."

절대로 기분 탓이 아니다.

얼굴에 뭔가 묻었나 싶어서 코와 뺨을 만져 보지만, 이렇다 할 건 없었다.

TV 선반 위에 있는 시계로 눈을 돌리자 오후 2시였다. 밖은 밝고, 평화로운 분위기다.

(슬슬 히나코가 잘 시간인데.)

휴일의 히나코는 언제나 대체로 이 시간대에 잔다.

"히나코, 이불을 꺼낼까?"

그렇게 물어봤더니, 히나코는 어색하게 고개를 가로저었다.

"⋯⋯⋯⋯⋯⋯오, 오늘은, 안 잘래."

"어?"

말도 안 돼.

안 잔다고? 히나코가 그런 말을 할 리가 없다.

한순간 눈앞에 있는 소녀가 가짜 히나코인지 의심했지만, 아무리 그래도 그건 아닐 것 같아서 다음 의문을 해소하려고 했다.

"히나코."

"으, 어⋯⋯?!"

공부를 중단하고, 나는 히나코의 곁으로 다가갔다.

히나코의 부드러운 머리카락을 옆으로 걷어내고, 뽀얀 이마

~영애들이 다니는 명문 학교에서 제일가는 **아가씨**를 남몰래 돕는 시중 담당이 되었습니다~ 5

에 손을 댔다.

"다행이야. 열은 없어."

요새 상태가 이상한 건 건강 문제가 아닌지 생각했지만, 그런 건 아닌 듯하다.

뭐, 히나코가 건강하다면 잘된 일이다.

그러나 히나코는 울상을 짓고 나와 거리를 벌렸다.

"으으으으~~~~~~~~!!"

"히나코?"

히나코는 새빨개진 뺨을 감추듯이 두 손으로 얼굴을 가리고 끙끙거리는 소리를 냈다.

◆

밤. 오늘은 여름치고는 기온이 조금 낮아서, 밖이 어두워지니 선선하게 느껴졌다.

저녁 식사를 마친 뒤, 나는 TV를 보면서 생각했다.

(혹시 나를 피하는 걸까?)

저녁 식사 때, 히나코는 내 옆자리가 아니라 정면 옆자리에 앉았다.

정면이라면 또 모를까, 그 옆자리다. 괜히 신경을 쓰는 걸지도 모르지만, 평소의 거리감을 생각하면 히나코가 무척 멀어진 느낌이 든다.

"오, 오늘도, 혼자 목욕할 거야……!"

"그, 그래."

역시…… 나를 피하고 있다.

화장실에 가는 히나코를 지켜보고, 나는 두 손과 무릎을 바닥에 대고 침울해했다.

"이츠키 씨, 기운 내세요."

"괜찮아요……. 하지만 이틀 연속으로 피하다니, 역시 제가 뭔가 실수한 게……."

"냉정하게 생각하면, 또래 이성과 같이 목욕하는 것부터가 이상해요."

"하긴……."

나는 한순간 납득했다.

"아, 아니죠! 하지만 지금껏 쭉 같이 했잖아요!"

"지금까지가 이상했던 거예요."

"그건, 뭐…… 그렇지만요……!!"

그렇게 말하면 반론할 수 없다.

지금까지가 이상했다고 가정하고, 문제는 왜 지금 와서 변화가 생겼느냐는 것이다.

생각해 보면 예전부터 히나코는 가끔 나를 피했다. 아침에 깨우는 일을 잠시 시즈네 씨에게 넘긴 적도 있었다.

그때도 끝까지 원인을 몰랐는데, 결국 시간이 해결해 주었다.

이번에도 기다려야 할까? 하지만 이대로 두면 마음이 편해지지 않는다.

"시험 삼아서, 시즈네 씨가 부탁해 주실 수 있을까요?"

"그래요. 그렇게 하죠."

시즈네 씨가 화장실 쪽을 본다.

"아가씨. 이츠키 씨가 머리를 감겨 주고 싶다고 하는데요."

"무, 무리……!!"

문 너머에서 히나코의 목소리가 들렸다.

히나코치고는 무척 강한 부정이다.

"그럴 수가……?!"

이번에야말로 나는 털썩 주저앉았다.

무리──히나코가 한 말이 내 머릿속에서 메아리친다.

그토록 거부하다니…… 한동안 회복할 수 없다.

"계산이 어긋났군요. 아가씨를 생각해서 차분히 지켜볼 작정
이었는데…… 어느새 이쪽도 중증이었을 줄은."

시즈네 씨가 이마를 짚고 중얼거렸다.

그때, 찰칵거리는 소리가 작게 나더니 화장실 문이 열렸다.

"시, 시즈네……."

"무슨 일이죠, 아가씨?"

"……속옷, 깜빡하고 안 챙겼어."

부끄러운 눈치로 말하는 히나코.

그러나 그 말을 들은 나는 지금이 명예를 회복할 기회라고 생
각했다.

"제, 제가 가져가겠습니다!"

"아뇨. 그건 그만두는 게 좋아요."

"괜찮아요! 처음에는 옷 갈아입는 것도 도왔으니까요!"

벽장 옆에 있던 히나코의 가방을 연다.

목표를 찾아낸 나는 곧장 히나코에게 달려갔다.

"자, 히나코! 팬티 가져왔어!"

하얀 속옷을, 문 앞으로 가져갔다.

물론 나는 욕조 쪽에 있는 히나코의 몸을 보지 않도록 눈을 꼭
감았다.

이걸로 기분을 풀어주면 좋겠는데──.

"~~~~~!!"

히나코는 또 신음하는 소리를 지르고, 내 손에서 속옷을 힘껏
낚아챘다.

"벼, 벼, 벼…………."

"벼?"

"변태……!!"

문이 세게 닫힌다.

"변…………?!"

지금, 나는 무슨 말을 들었지……?

충격이 너무 커서 호흡도 잊었다.

"이, 이츠키는 잠깐, 집에서 나가 있어……!!"

말이 비수가 되어 가슴에 푹 꽂혔다.

나는 정신이 멍해진 가운데 밖으로 나갔다.

◆

(생활력 없음)

5분 뒤.

조금 쌀쌀한 바람 덕분에 머리가 식은 나는 완전히 제정신을 차렸다.

"나는, 변태야."

왜 그런 짓을 했지?

갑자기 히나코와 거리를 느껴서 초조했던 걸지도 모른다.

어젯밤부터…… 아니, 생각해 보면 여름 강습이 끝난 즈음에서 히나코의 상태가 이상했다. 그런데도 나까지 이상해지면 어쩌자는 걸까.

기다려야 할 때인지, 아니면 행동해야 할 때인지. 어떻게 하면 좋을지 몰랐다.

행동해야 할 때라고 생각해서 이래저래 설친 결과, 실패하고 말았다. 이미 늦었지만, 이번에는 기다려야 할 때인 거겠지.

다만 그렇게 생각하고 나서 깨달은 건데…… 기다리는 건 힘들다.

행동하는 게 마음이 더 편해진다. 그래서 나는 행동하고 말았다. 히나코를 위한 마음도 있었지만, 그보다도 내가 편해지고 싶어서.

나는 미숙하다…….

집 근처에서 쪼그려 앉아 반성하고 있을 때, 현관문이 열렸다.

"조금은 머리가 식은 것 같군요."

시즈네 씨가 축 늘어진 나를 보고 말했다.

"저도 쫓겨났습니다."

"네?"

"아가씨께선 잠시 혼자 계시고 싶은 모양이더군요. 원래부터 이 집은 개인 시간을 확보하기 어려우니까요."

하긴 그렇다.

생각해 보면 내가 살던 시절에는 부모님이 집에 없을 때가 은근히 많았고, 나도 학교와 아르바이트로 집에 잘 없었다. 그래서 별로 신경을 쓰지 않았는데, 이번에는 우리 모두가 이 집에 오래 있었다.

하지만…….

"히나코가, 그런 걸 신경 쓸 줄은……."

그야 평소 틈만 나면 내 방에서 자니까 말이지. 지금까지의 히나코는 딱히 혼자만의 시간을 원하지 않았다.

"앞으로는 신경 쓸지도 모르겠군요."

그것도 시즈네 씨가 좋게 생각하는 변화일까?

적어도 지금의 나는, 히나코의 변화에서 혼란만을 느꼈다.

◇

(으으으~~~~!!)

두 사람을 집에서 쫓아낸 히나코는 쿠션에 얼굴을 파묻고 끙끙댔다.

밖에 내보낸 건 미안한 마음이 든다. 그러나 지금은 혼자 있는 시간이 꼭 필요했다. 이런 기분은 처음이었다.

 (생활력 없음)

(왜, 이츠키는 아무것도 못 느끼는 거야……?!)

오늘 아침에도, 낮에도, 아까도!

자신은 이토록 가슴이 두근거리는데, 이츠키는 아무렇지도 않은 느낌이다.

(더…… 연구해야지.)

이 이상한 기분을 가라앉히려면 올바른 지식이 필요하지 않을까?

그렇게 여기고, 히나코는 유리에게 빌린 순정 만화를 본다.

주인공 여고생은 같은 반의 잘생긴 남고생과 같이 식사하고 있었다. 두 사람은 파스타를 먹고 있는데, 문득 남자가 주인공의 입가에 종이 냅킨을 대고──.

──여기, 묻었어.

입가에 묻은 소스를, 상쾌하게 웃으며 닦아 주었다.

콩닥! 주인공은 뺨을 붉히고, 가슴이 두근거렸다.

그 장면을 보고, 히나코는 눈을 확 떴다.

"마, 마마, 마마마마……만화랑, 똑같은 걸 했어…………?!"

오늘 아침, 이츠키가 뺨에 묻은 걸 닦아 준 것을 떠올린다.

유리에게 빌린 순정 만화가, 연애를 주제로 하는 것임은 히나코도 눈치챘다.

그것과 완전히 똑같은 걸 하는데, 이츠키는 왜 태연한 걸까?

(설마, 이츠키도 나랑 똑같은 거야?)

어쩌면 이츠키도 자신과 똑같이 연애를 모르는 걸지도 모른다. 그러니까 태연하게 그럴 수 있는 게 아닐까?

(이츠키한테, 물어봐야지.)

히나코는 유리에게 빌린 만화를 손에 들고 현관문을 슬그머니 열었다.

조심스럽게 밖을 보자, 이츠키와 시즈네가 담소하고 있었다.

"하지만 시즈네 씨, 조리 기구를 그렇게 자주 교환하면 폐기하는 것도 힘들지 않을까요?"

"중고로 팔 수 있어요. 메이커에 따라 다르지만, 개인이 경영하는 음식점 같은 곳에서 수요가 있다고 하죠. 그리고 반대로 우리도 중고로 살 때가 있어요. 예를 들면……."

보아하니 일과 관계가 있는 이야기를 하는 듯하다. 서로 만족스러운 얼굴로, 사용인의 업무에 관해 이야기하고 있다.

(왠지, 친해 보여.)

가슴이 답답했다.

이것도 만화와 똑같다. 요새는 이런 기분이 들 때가 많다.

시즈네는 알까? 이츠키와 이야기할 때는 평소보다 말수가 많아진다.

(둘 다…… 여러모로, 비슷한 점이 있으니까.)

두 사람을 가까이서 본 히나코니까 알 수 있었다. 이츠키와 시즈네는 비슷한 구석이 있다. 하나는 성실하다는 점. 다른 하나는 의외로 뭐든 철저하게 파지 않으면 직성이 안 풀리는 성격이란 점이다. 두 사람 모두 배우기로 한 분야는 철저하게 배우려고 하고, 실천할 기회가 생기면 '마침 잘됐으니까'라는 마음으로 왠지 모를 철두철미함을 발휘한다. 예를 들어서 시즈네는 아

~영애들이 다니는 명문 학교에서 제일가는 **아가씨**를 남몰래 돕는 시중 담당이 되었습니다~ 5
(생활력 없음)

침에 일일이 스무디를 준비하고, 이츠키는 카레의 맛을 조절하는 재료를 넣었다. 두 사람은…… 뭔가 하나를 더 넣으려고 한다.

"……이츠키."

두 사람의 대화를 가로막듯이, 히나코는 소리를 냈다.

"아, 히나코?!"

이쪽을 알아챈 이츠키가 눈을 크게 뜨고 놀란다.

시즈네도 놀랐지만, 지금은 왠지 눈을 마주치고 싶지 않아서 시선을 돌리지 않았다.

"히나코…… 저기, 아까는 미안해. 내가 조금 이상했어."

"……그건, 이제 괜찮아."

사실은 괜찮지 않지만, 지금은 달리 물어보고 싶은 게 있다.

"……이거, 알아?"

히나코는 손에 든 만화를 이츠키에게 보여줬다.

그러자 이츠키가 눈을 휘둥그레 떴다.

"순정 만화? 왜 그런 게 있어?"

"히라노 양한테 빌렸어."

이츠키가 "종이봉투의 내용물은 만화였나."라고 나지막이 중얼거린다.

"순정 만화는 잘 모르지만…… 그 '꽃보다 교자'라는 만화는 나도 유리에게 빌린 적이 있는데. 5권까지는 봤어."

"…………봐, 봤어?"

"그래. 제법 재밌던데."

이츠키는 당당히 말했다.

이츠키의 대답을 들은 히나코는 다시 집 안으로 들어갔다.

"어…… 저기, 히나코?"

"……조금만 더 거기 있어."

생각할 것이 더 늘어났다.

다시 혼자만의 시간이 필요하다.

(봐, 봤었어…….)

히나코는 천장을 쳐다봤다.

(그러면 이츠키는…… 이런 걸 알면서, 지금까지 그랬던 거야……?!)

그건 대체 어떻게 된 걸까?

영문을 알 수 없어진 히나코는 눈이 핑핑 돌았다.

아직 연구가 부족한 걸까? 히나코는 순정 만화를 더 파고든다.

주인공 소녀가 의식하는 남자의 무릎을 베는 장면이 있었다.

또 만화랑 똑같은 걸 했어……!

히나코는 얼굴이 빨개지지만.

──무릎베개라니, 가슴이 두근거려서 잠이 안 와!

주인공 소녀는 그런 걸 생각하고 있었다.

(……어?)

히나코는 이상한 기분이 들었다.

(내가, 무릎을 벨 때는…… 이런 느낌이 아니었어.)

이츠키의 무릎베개는 무척 따스하다.

마음이 편해지고, 안심하고 잘 수 있다.

가슴이 두근거려서 못 자는 일은—— 생기지 않는다.

그 차이는 뭘까? 히나코는 궁금했지만, 아무리 만화를 봐도 밝혀지진 않았다.

(……다른 사람한테, 물어볼 수밖에 없어.)

히나코는 스마트폰을 집었다.

상담 상대는 뻔하다.

이 만화를 빌려준 본인이다.

"여보세요, 히라노 양?"

『코노하나 양? 무슨 일이야?』

유리는 곧장 전화를 받아 주었다.

히나코는 심호흡하고 말하기 시작한다.

"빌린 만화를, 봤어요. 만화를 보는 건 처음이라서, 조금 시간이 걸렸지만요……."

『어? 만화를 본 적이 없어?』

"네."

『뭐라고 할까…… 정말로 만화에 나오는 아가씨 느낌이네, 코노하나 양은.』

유리는 납득한 투로 말했다.

『그래서? 어땠어?』

"저기, 전부 재밌었어요."

『재밌었구나…….』

히나코의 코멘트가 성에 차지 않는지, 유리는 미묘한 반응을 보였다.

『좋아한다는 말의 의미, 이해했어?』

"으."

『아하하! 잘 이해했나 보네.』

히나코의 동요를 눈치채고 웃는 유리.

히나코는 가까스로 침착함을 되찾고, 최대한 냉정한 투로 말했다.

"솔직히, 좋아한다는 감정을 잘 이해했는지 아직 확신할 수 없어요. 다만 만화를 보면서 몇 가지 궁금한 게 생겨서, 이렇게 전화한 거예요."

『알았어. 최대한 진지하게 대답해 볼게.』

듬직한 대답이다.

"우선, 이 '꽃보다 교자'라는 만화 말인데요……."

히나코는 손이 닿는 곳에 있는 만화의 페이지를 넘기며 질문한다.

"여기선, 왜 손을 잡기로 한 걸까요?"

『그건 역시, 좋아하는 사람과 손을 잡는 게 기쁘니까 용기를 낸 게 아닐까?』

"그렇다면 여기선 왜 같이 끌어안는 걸까요?"

『어…… 아, 아마도, 두 사람 모두 서로 마음을 확인해 보고 싶었던 게 아닐까?』

유리는 왠지 부끄러워하는 투로 대답했다.

"여기선 왜 키스를 한 걸까요?"

『그, 그건 아마도…… 그때는 집에 부모님도 안 계시고, 이런 기회는 다시 안 생길 것 같다는 마음에, 무심코 저질렀다고 할까…… 어, 어라? 혹시 나, 고문당하는 거야?』

유리는 한계를 넘어선 부끄러움을 얼버무리려고 이상한 소리를 했다.

영문을 몰라서 의아해할 때, 유리는 일부러 헛기침 소리를 냈다. 암암리에 신경 쓰지 말고 계속 말하라는 의도가 전해졌다.

"그렇다면 무릎베개는…….'

『음…… 자신들의 거리감이 특별한 걸, 실감하고 싶었다거나……?』

아까 설명한 것처럼, 손을 잡거나, 포옹하거나, 키스하거나 하는 행위와 비슷한 의미라는 것 같다.

그러나 히나코는 이상한 기분이 들었다.

"……무릎베개는, 그런 의미와 다르지 않을까요?"

『어?』

의아해하는 유리에게, 히나코가 설명한다.

"만약…… 어디까지나 예로 들어서 하는 말인데요, 제가 남자의 무릎을 베고 누웠다고 치죠."

『잠깐만. 벌써 그렇게 진도가 나갔어?』

"네?"

『아, 미안해. 저기, 계속해.』

어째서인지 유리는 무척 당황한 기색이었지만, 곧바로 차분해졌다.

히나코는 말을 잇는다.

"저는 무릎베개를 해도…… 별로 두근거리지 않을 것 같아요. 오히려 마음이 편해지고, 차분히 잠들 것 같아요."

『그래? 익숙해지면 그럴지도…….』

익숙해지기 전부터 그랬으니까, 횟수와는 관계가 없을 것이다.

"그 밖에도 몇 가지 비슷한 사례가 있어요. 예를 들면, 이동할 때 업어준다거나…… 이건 포옹에 가까운 행위라고 보는데, 저는 역시 가슴이 두근거리지 않고, 안심할 것 같아요."

저택에서는 가끔 이츠키가 엎어서 방으로 데려가 줄 때가 있다.

이것도 가슴이 두근거리지 않고, 안심해서 깜빡 잠들 것만 같다. 순정 만화의 주인공과는 다른 감정을 느낄 때가 많다.

이 감성은 자신만의, 독특한 것일까?

『음…… 반대로 코노하나 양은 어떨 때 가슴이 두근거려?』

그 질문을 듣고, 히나코는 최근에 가슴이 뛴 기억을 떠올렸다.

"예를 들면, 함께 요리할 때, 우연히 어깨가 닿는다거나……."

『크~~~~! 귀여워……!』

손을 잡거나 포옹하는 일이 많은 순정 만화와 비교하면, 자신의 의견은 조금 수수할지도 모른다. 그러나 유리는 그게 좋다는 것처럼 절찬했다.

『왠지 알 것 같아. 쉽게 말해서, 연인 같은지 아닌지가 중요한 게 아닐까?』

"연인 같은…… 말인가요?"

『예를 들어서 무릎베개는, 아이를 어르는 느낌도 있잖아? 업어주는 것도 그렇고. 하지만 어깨가 닿는 거리에서 나란히 요리

(생활력 없음)
~영애들이 다니는 명문 학교에서 제일가는 **아가씨**를 남몰래 돕는 시중 담당이 되었습니다~ 5

하는 건 연인 같다고 할까, 부부 같으니까, 그런 걸 의식해서 가
슴이 두근거리는 게 아닐까?』

마치 자신도 손댄 적이 없는 마음속 깊은 곳을 다 들킨 기분이
었다.

전부 앞뒤가 맞는다. 맞아 버렸다.

자신이 이츠키에게 어떤 감정이 있는지 드러나고 만다.

어째서인지 부정해야만 한다는 기분이 들었다.

그 감정을 인정하면, 이상해질 것 같아서…….

"하, 하지만, 어깨가 닿았을 때의 감정은, 단순히 놀라서 그런
걸지도 몰라요. 그렇게 생각하면 무릎베개를 하거나 업어주거
나 하는 행위는 갑자기 할 일이 아니니까, 납득할 수 있지 않을
까요……."

『아니지. 아무리 그래도 놀랐을 때 가슴이 뛰는 거랑 가슴이
두근거리는 게 다르다는 건 코노하나 양도 알잖아.』

"으……."

직구가 꽂히는 바람에, 히나코는 침묵했다.

명색이 고귀한 아가씨, 완벽한 영애로 불리는 히나코에게 이
토록 단호하게 말하는 사람은 거의 없다. 귀중한 의견이었다.

『코노하나 양은, 응석을 부리고 싶은 마음과 연애가 뒤죽박죽
인 게 아닐까?』

"뒤죽박죽……?"

『마구 섞였다는 뜻이야. 그러니까 자각하기 어려웠던 걸지도
몰라.』

유리는 납득한 듯이 말했다.

『있잖아, 코노하나 양. 난 여름 강습 때 이츠키와 코노하나 양이 단둘이서 불꽃을 가지고 노는 걸 봤어. 그때 본 코노하나 양의 얼굴은, 지금도 잘 기억해. 그건 그냥 응석을 부리고 싶은 사람에게 보여주는 얼굴이 아니야.』

이것도 괜한 참견일지도 모른다. 유리는 그렇게 말했다.

"얼굴, 인가요……."

자기 얼굴에 흥미가 생긴 적은 거의 없다.

매일 아침 머리를 세팅할 때 거울을 보지만, 완벽한 영애를 연기하는 상태라면 또 모를까, 평소 얼굴은 멍할 때가 많았다. 졸린 듯, 나른한 듯, 솔직히 말해서 남들이 좋아할 만한 얼굴이 아니라고 생각한다.

그런 얼굴에서 뭘 느꼈을까……. 궁금해진 히나코는 자리에서 일어나 화장실에 있는 거울을 보러 갔다.

어차피 평소처럼 나른한 얼굴만 보일 것이다.

그렇게 생각했는데, 거울에 비친 자기 얼굴은——.

"아……………………."

거기 비친 것은 히나코가 아는 자신이 아니었다.

빨개진 뺨. 촉촉해진 눈. 기대와 불안이 뒤엉킨 표정.

거기에는 완벽한 영애도, 나른한 소녀도 없었다.

이런 얼굴은…… 처음 봤다.

(생활력 없음)

평소와 너무 달라서, 한순간 다른 사람을 잘못 본 줄 알았다.

──아아, 정말로.

처음부터 거울을 보면 됐을지도 모른다.

그랬다면 금방 이해했을 것이다.

눈앞에 있는 사람은 예전의 자신이 아니었다. 그래서 지금껏 지녔던 가치관으로는 가슴속에 깃든 감정을 이해할 수 없었던 것이다.

거울에 비친 건, 낯선 소녀. 하지만 지금 갑자기 나타난 게 아니라…… 그저 몰랐을 뿐이지, 사실은 훨씬 오래전부터 이 소녀가 비쳤으리라.

거울 속에 있는 사람은 새로운 자신.

이츠키 덕분에 변화한 자기 자신이었다.

『괜찮아?』

"네…… 이젠 괜찮아요."

신경을 써 준 건지, 유리는 히나코의 침묵을 한참 기다린 다음에 말을 걸었다.

그 덕분에 히나코는 마음을 정리할 수 있었다.

"정말로, 이해했어요. 제 마음도…… 히라노 양이 한 말의 의미도."

히나코는 자기 입에서 나온 말을 곱씹으며 말했다.

그러자 왠지 유리가 온화하게 웃은 것 같았다.

『뭐라고 할까, 이제야 코노하나 양의 진짜 마음을 들은 것 같아.』

"죄송해요. 숨길 생각은 없었는데요…….."

『미안해하지 않아도 돼. 코노하나 양은, 코노하나 그룹의 영애니까. 여러모로 힘든 처지일 테고, 갑자기 진심을 드러내긴 어려울 거야.』

정말로 전혀 신경 쓰지 않는 기색으로 말한 유리에게, 히나코는 잠시 대답할 수 없었다.

완벽한 영애의 체면을 지키고자, 히나코는 앞으로도 진짜 자신을 유리에게 보여줄 마음이 없었다. 그러니까 '숨길 생각은 없었다' 라는 말은 거짓이다. 그러나 유리는 그것도 다 간파하고 긍정해 준 것처럼 느낄 만큼의 관대함을 보여주었다.

"히라노 양은, 자상하군요."

『그, 그래?』

"네. 토모나리 군과 똑같아요. 아무렇지도 않게 상대를 붙잡아 준다고 할까요…… 그렇게 자상하게 대해 주면, 무심코 마음을 열 것만 같아요."

『코노하나 양에게 그런 말을 들으니까 정말 기뻐.』

왠지 모르게 낯간지러운 기색으로 웃는 유리.

『그래도 말이야, 코노하나 양. 일단 말해두겠는데…….』

유리는 조금 진지한 투로 말을 이었다.

『'그대에게 닿기를' 이란 만화에 '낫짱' 으로 불리는 여자애가 있지? 만약 코노하나 양이 만화 주인공이라면, 나는 그 낫짱이거든?』

"어……."

(생활력 없음)
~영애들이 다니는 명문 학교에서 제일가는 **아가씨**를 남몰래 돕는 시중 담당이 되었습니다~ 5

통화가 끊겼다.

히나코는 스마트폰을 바닥에 두고, 만화 '그대에게 닿기를'의 페이지를 넘겼다.

'낫짱'으로 불리는 등장인물의 포지션은, 어떻게 보면 무척 이해하기 쉽다.

주인공의, 사랑의 라이벌이다.

"⋯⋯⋯⋯⋯⋯⋯⋯⋯⋯⋯⋯⋯아으."

복잡한 감정이 가슴속에서 소용돌이쳤다.

앞으로는 이런 감정도 확인해 나가야만 하는 걸까?

지금의 자신에게는, 아직 조금 어려울지도 모른다⋯⋯ 히나코는 생각했다.

◆

이튿날.

점심 식사를 마치고, 집에서 느긋한 분위기가 흘렀다.

시즈네 씨가 빨래를 너는 동안, 나는 청소기를 돌린다.

콘센트의 위치를 바꾸려고 잠시 청소기의 전원을 끄자 TV에서 연예인이 웃는 소리가 들렸다. 그러고 보니 히나코가 TV를 보고 있었다. 청소기 소리가 시끄럽진 않았을까? 그런 생각이 들어서 히나코를 봤다.

히나코는 멍하니 있었다.

그 시선은 허공을 향해서, 뭘 생각하는지 도통 모르겠다.

"히나코, 어디 불편한 데라도 있어?"

"응…… 그런 건, 아니야."

히나코는 고개를 가로저었다.

"고민거리가, 조금 있어."

본인도 평소와 분위기가 다른 걸 아는지, 얼버무리지 않았다.

"이야기 정도는 얼마든지 들어줄 수 있어."

"고마워. 하지만 이건 내가 생각해야 할 일이니까……."

그 고민은 내게 털어놓을 수 없나 보다.

히나코는 다시 멍하게 있었다.

청소기를 치우고, 나는 베란다로 갔다.

"시즈네 씨, 도울게요."

"고마워요. 그러면 그 이불을 널어 주세요."

세 사람이 쓰는 이불을 한꺼번에 널 공간은 없어서, 오늘은 히나코의 이불만 빨았다. 시트의 주름을 펴고, 바람에 날아가지 않도록 빨래집게로 고정한다.

"무슨 일 있나요, 이츠키 씨?"

생각에 잠긴 채로 움직인 게 들켰는지, 시즈네 씨가 내게 물어봤다.

"아뇨, 그게…… 오늘도 히나코가 뭔가 고민하는 것 같아서요."

"아가씨도 사람이니까요. 그럴 때가 있겠죠."

"그야 그렇지만……."

이 마음을, 어떻게 표현하면 좋을까?

맑게 갠 하늘을 바라보며 말을 쥐어짠다.

"뭐라고 할까요. 힘이 될 수 없어서 분하다고 할지…….."

오만한 생각일지도 모른다.

하지만 혼자 고민하는 히나코를 볼 때마다, 나는 그런 생각이
든다.

"괜찮아요."

그런 내게 미소를 짓는 시즈네 씨.

"이츠키 씨는, 그렇게 있어도 괜찮아요."

히나코와 관계는 나보다 시즈네 씨가 더 오래되었다. 그런 시
즈네 씨가 괜찮다고 하니까, 조금은 안심할 수 있다.

하지만 한편으로는, 나는 저절로 떠올리고 만다.

——지금의 너는, 히나코가 머물 곳이 될 수 없어.

타쿠마 씨에게 들은 말이 머릿속에서 자꾸 되살아난다.

내가 지금, 히나코의 힘이 되고 싶은 건…… 히나코가 지금 혼
자 고민하는 건, 내가 히나코가 머물 곳이 되지 못해서 그런 게
아닐까?

그런 불안에 시달렸다.

빨래를 다 널고, 안으로 돌아간다.

"응?"

호주머니에 있는 스마트폰이 진동했다.

앱에서 동급생이 보낸 메시지를 수신했음을 알렸다.

"동창회……?"

요전번에 학교 앞에서 재회한 예전 급우 한 명이 기획한 듯하

다. 개최일은 내일. 너무 갑작스럽지만, 여름 방학도 끝물이니까 어쩔 수 없으리라.

참석 여부를 집계하는 앙케트 페이지로 이동하자 '이츠키와 만날 수 있을지도!' 라는 무책임한 문장이 실려 있었다. 내가 이 동네로 돌아온 것이 동창회 개최의 계기가 된 것 같다. 그러나 그 뒤로 오가는 메시지를 보면 가끔은 이런 이벤트도 좋지 않겠냐는 즉흥적인 생각이 대부분인 듯하다. 실제로 나와는 별로 교류가 없었던 예전 급우들이 벌써 참가 의사를 표명했다.

이벤트의 주역 취급이라면 너무 미안하고, 익숙하지도 않지만, 그런 게 아니라면 나도 참석하는 게 좋을지 모르겠다. 요전번에 학교 앞에서 그 친구들과 잠깐 이야기했는데, 그립고 즐거웠다. 이런 이벤트에 불러 주는 건 역시 고맙다.

(하지만 지금은 히나코의 상태가 이상하니까…….)

앙케트는 오늘 중으로 끝나지만, 답장은 아슬아슬하게 보류해 두자.

나는 스마트폰을 호주머니에 도로 넣었다.

◇

저녁 식사를 마쳤을 즈음.

히나코는 조금씩 냉정함을 되찾았다.

자신의 변화를 받아들이고 나니 지금까지의 일상에 대한 사고방식도 확 달라진다. 무릎을 베거나 업게 하는 등…… 생각해

 (생활력 없음)
~영애들이 다니는 명문 학교에서 제일가는 **아가씨**를 남몰래 돕는 시중 담당이 되었습니다~ 5

보면 너무 치근덕댔다.

앞으로는 참아야 할까?

그렇게 생각하니 마음이 무거워진다.

"히나코. 오늘도 혼자 목욕할 거야?"

"으."

욕조를 청소하던 이츠키가 물어봤다.

지금 막 생각하던 차라서 과민하게 놀라고 말았다.

어쩌지? 거절해야 해.

앞으로는 혼자 하겠다고 알려야 하는데…….

그래야 하는데…….

………….

"머, 머리…… 감겨 줘."

"아!! 그래, 나한테 맡겨!"

이츠키의 표정이 확 밝아졌다.

최근에는 계속 거절했으니까, 기뻤던 걸까?

그러나 좋아서 어쩔 줄 모르는 이츠키와는 정반대로, 히나코의 마음속은 복잡했다.

(마, 말해 버렸어…….)

거절해야 했는데…….

히나코는 수영복으로 갈아입고, 싱숭생숭한 기분으로 목욕물에 몸을 담근다. 머리를 감아야 하는 단계가 됐을 때 이츠키를 부르자, 역시 흥겨운 기색으로 찾아왔다.

"가려운 데는 없어?"

"괘, 괜찮아……."

멘탈은 완전히 트러블 발생 중이었다.

(나, 상스러울지도 몰라.)

순진한 척하고 말았다.

이미 자신의 감정을 깨달았는데.

수영복을 입었다고는 해도, 남녀가 한 욕실을 쓰는 것이 얼마나 그렇고 그런 행위인지도 이해했는데.

아무것도 모르는 척하고, 이츠키에게 시키고 말았다.

(하지만…… 같이, 하고 싶은걸…….)

양심보다 욕망이 앞서고 말았다.

히나코의 가슴은 이츠키에 대한 두근두근과 죄악감으로 가득했다.

무심코 두 손으로 얼굴을 가린다.

"미안해. 눈에 들어갔어?"

히나코는 말없이 고개를 좌우로 흔들었다.

머리를 다 감고, 이츠키가 화장실에서 나간다.

목욕이 다 끝났을 때, 거울로 얼굴을 보니 새빨갛게 물들었다. 이츠키는 열이 올랐다고 착각했겠지. 그러나 이건 몸에서 열이 나서 빨간 게 아니다.

화장실에서 나오자, 공부 중이던 이츠키가 이쪽을 돌아봤다.

"다음엔 내가 쓸게."

갈아입을 옷을 챙기러 가는 이츠키의 등을, 히나코는 말없이 쳐다본다.

한 지붕 아래에서 생활하는 것의 특별한 의미를, 히나코는 이해했다.

이 감정을 자각할수록 혼란스럽다. 하지만 모르는 게 나았다고는 생각하지 않는다. 혼란스러운 대신, 행복을 곱씹을 수도 있게 되었다.

더 알고 싶다.

연애에 관해서 더 공부하고 싶다.

그렇게 여긴 히나코는 유리가 빌려준 만화를 마저 보기로 했다.

(이츠키가 목욕하는 동안에 봐야지.)

순정 만화는 안 그래도 너무 자극적이어서, 이츠키가 근처에 있으면 집중해서 볼 수 없다. 시즈네도 서류 업무에 집중하고 있다. 지금이라면 만화를 보다가 다소 심한 반응을 보여도 들키지 않으리라.

페이지를 넘긴다.

두 소녀가 한 남자를 사이에 두고 다투는 장면이었다.

──흥, 이 남자는 내 거야. 너는 두 번 다시 집적거리지 마.

화장이 짙은 소녀가 말했다. 이쪽은 주인공이 아니라 사랑의 라이벌이다.

이 소녀는 집착이 강했다. 한 번 원한 것은 명품부터 사람까지 전부 가지려고 한다. 집안이 부잣집이라서 돈으로 다 해결하려는 나쁜 버릇도 있고, 때로는 강경한 수단으로 원하는 것을 손에 넣을 때도 있었다.

(이 등장인물…… 짜증 나……!)

화장이 짙은 소녀는 알기 쉬운 악역으로 묘사되어서, 히나코는 완전히 그 인물을 미워하게 되었다.

자기 멋대로 굴고, 상대의 마음을 전혀 생각하지 않고, 언제나 누군가를 휘말리게 하면서도 본인은 그런 줄도 모르는 소녀였다.

그런 소녀와 주인공은 마침내 정면에서 싸우게 되었다.

──왜 모르는 거야?!

주인공이 외친다.

──넌 걔를 속박하고, 자기 소유물로 삼고 싶을 뿐이야!

화장을 짙게 한 소녀는 소스라치듯 놀랐다.

정곡을 찔린 것이리라.

하지만 그 말은──.

"……아."

아.

아아.

그 말은 만화 속 등장인물만이 아니라 히나코의 가슴에도 꽂혔다.

──더 이상, 걔한테 아무것도 빼앗지 마!

주인공의 비통한 외침이 흥분한 히나코의 마음에 찬물을 끼얹었다.

어째서…… 잊으려고 했을까?

자신의 감정을 이해하고, 그래서 들떴던 걸까?

바보다.

확인해야 하는 사실은 하나 더 있는데.

나는── 이츠키의 인생을 빼앗았을지도 모른다.

여름 강습에서 이츠키의 과거 이야기를 들었을 때부터, 히나코는 쭉 그렇게 생각했었다.

시중 담당이 되기 전의 이츠키에게는 지금과 전혀 다른 인생이 있었다. 그것을 갑작스럽게 빼앗은 것이 자신이다. 원래라면 이츠키는 일반인이고, 키오우 학원에 다닐 일도 없었는데, 남들보다 더한 노력을 강요해서 다짜고짜 이 상류층 사회로 끌고 왔다.

자신이 데려오지 않았다면, 이츠키는 지금쯤 길바닥에서 허무하게 죽었을까? 그야 이츠키는 부모님에게 버림받았지만, 유리가 한 이야기를 들어 봐서는 그 정도로 이츠키가 다시 일어서지 못했을 것으론 생각하기 어렵다. 이츠키에게는 이미 믿음직한 인맥이 있었다. 분명 자신이 도와주지 않았더라도, 유리를 중심으로 한 급우들의 인맥으로 어떻게든 다시 시작할 수 있었으리라.

그렇다면…… 괜히 참견한 게 아닐까?

자신이 고집을 부리는 바람에, 이츠키의 인생이 망가진 건 아닐까?

그 불안을 확인하고자, 히나코는 잠시 이츠키의 집에서 지내기로 했다.

모든 것은 이츠키의 과거를 더 깊이 알기 위해서.

자신이 얼마나 이츠키의 인생을 비틀고 말았는지를, 자각하기 위해서——.

"나는……."

만화에서는 화장이 짙은 소녀가 아무 말도 못 하고 분통한 표정을 지었다.

지금껏 히나코는 만화 주인공에게 감정을 이입하고 있었다. 주인공 소녀처럼, 의식하는 남자와 달콤 쌉싸름한 연애를 해보길 바라는 마음을 가슴속에 품었다.

그러나 아무래도 착각한 듯하다.

"나는…… 주인공이, 아니야……."

자신은 주인공이 아니다. 화장이 짙은 소녀에 가까웠다.

의식하는 남자에게 행복을 주지 않고, 고통을 주는 인물이었다.

머리가 아프다.

가슴이 아프다.

히나코는 천천히 바닥에 몸을 뉘었다.

"아가씨?"

일하던 시즈네가, 바닥에 누운 히나코에게 말을 건다.

처음에는 잠든 줄 알았지만—— 딱 봐도 고통스러워하는 히나코를 보고, 시즈네는 안색을 바꿨다.

"아가씨?!"

◆

목욕을 끝내고 나가려던 찰나, 시즈네 씨의 비명이 들렸다.

나는 곧바로 옷을 입고 화장실에서 나간다.

"시즈네 씨! 히나코에게 무슨 일이 있나요?!"

방 중에는 히나코가 누워 있었다. 그러나 얼굴에 고통스러운 표정을 지어서, 몸 상태가 나쁜 것을 한눈에 알 수 있었다. 이마에는 땀이 송골송골 맺혔다.

"열이 있어요…… 오랜만에 보네요."

마르지 않은 머리카락에서 물방울이 떨어졌다.

심인성 발열. 평소 완벽한 영애를 연기해야 하는 히나코는 그 스트레스 때문에 정기적으로 열을 낼 때가 있었다.

그러나 요즘 들어선 스트레스가 줄어들었는지 열을 내는 일이 없어서, 마음속으로 조금 방심했을지도 모른다.

열에 시달리는 히나코를 보고—— 나는 심하게 동요했다.

"어, 어째서……."

"예전 사례를 생각하면, 역시 스트레스 때문이겠죠."

시즈네 씨가 침통한 얼굴로 말한다.

"생각할 수 있는 원인은 많아요. 익숙하지 않은 환경에서 지냈고, 익숙하지 않은 사람과 만났고, 게다가……."

시즈네 씨는 말없이 나를 봤다.

그러나 곧바로 시선을 히나코에게 돌려서 용태를 확인한다.

"의, 의사는 불렀나요?"

"네. 저택에서 대기 중이던 전속 의사가 슬슬 올 거예요."

시즈네 씨는 히나코의 이마에 찬물로 식힌 수건을 얹었다. 탁자 위에는 개봉한 해열진통제와 함께 마셨을 것으로 보이는 물잔이 있다.

비명이 들리고 몇 분밖에 안 지났는데도 벌써 일정한 대처가 끝났다.

"밖에서 의사를 기다리겠습니다!"

조금이라도 일찍 의사가 도착하는 것을 알고 싶어서, 나는 집 밖으로 나갔다.

이 주변은 길이 조금 복잡하다. 어쩌면 그냥 지나칠지도 모른다.

하지만 솔직히 그런 불안은 별로 관계없었다.

뭔가…… 뭐든 좋으니까 히나코를 위해서 행동하고 싶었다.

잠시 기다리고 있자, 새까만 차가 집 앞에 섰다.

안에서는 백의를 입은 의사와——.

"안녕."

어찌 된 일인지 타쿠마 씨가 나왔다.

"밖에 있어 줘서 고마워. 이 주변은 어두워서 헤맬 뻔했거든."

"타쿠마 씨, 어쩐 일로 여기에."

"저택에서 느긋하게 있었더니 산업보건의들이 이상하게 수런거려서 말이야. 이야기를 들어 보니 시즈네가 의사를 불렀다고 해서 같이 상황을 보러 왔어."

의사가 집에 들어간다.

(생활력 없음)

타쿠마 씨는 열린 문틈으로 히나코를 봤다.

"슬슬 이렇게 될 줄 알았어."

그건 무슨 뜻이지……?

신경이 쓰였지만, 지금은 히나코가 걱정되어서 그럴 겨를이 아니다.

나는 의사와 함께 집 안으로 들어가려고 했다.

"아, 기다려. 이츠키 군은 잠깐 나와 이야기하자."

"이야기를요……?"

"저들의 실력은 신뢰할 수 있어. 네가 근처에서 우왕좌왕해 봤자 방해만 될 거야."

그럴지도 모른다.

현관문이 닫힌다.

쌀쌀한 바람이 나와 타쿠마 씨 사이를 지나갔다.

"히나코가 이렇게 된 원인이 뭘 것 같아?"

타쿠마 씨가 나를 쳐다보며 말했다.

시즈네 씨의 예상으로는 스트레스라고 했다. 익숙하지 않은 인간관계……. 요즘 있었던 일은 정말로 히나코에게 너무 자극적이었을 수 있다.

하지만 나는 그게 아닌 것 같았다.

히나코는 처음부터 적극적이었으니까. 이 집에서 생활하는 것도, 이 동네를 구경하는 것도, 히나코 자신이 그럴 마음이 있었다.

소고기 덮밥집에서 식사했을 때의 히나코는 정말로 즐거워 보였다. 그게 발열로 이어질 정도의 스트레스가 되었다고는 생각하기 어렵다. 미지의 경험이 많았겠지만, 히나코 자신이 그걸 원했으니까. 그렇다면 히나코는 왜 고통스러워하는 걸까──.

"너야."

타쿠마 씨가 말했다.

마치 전부 꿰뚫어 본 듯한 눈으로, 나를 똑바로 보고서.

"말했지? 지금의 너는 히나코가 머물 곳이 될 수 없다고. 그러면 못쓰지. 너는 히나코의 시중 담당이니까, 머물 곳이 되어야 해."

"그렇게, 말씀하셔도……."

그렇다면 뭘 어떻게 해야 좋은 거지?

내게 뭐가 부족한 거야.

여러 가지 의문이 부풀어 오른다.

"히나코는 불안한 거야. 네가 어느 사회에서 살지 모르니까."

타쿠마 씨는 설명했다.

"너는 예전에 살던 서민 사회와 우리가 사는 상류층 사회 사이에서 흔들리고 있어. 어느 쪽에서도 적응할 수 있고, 어느 쪽도 선택할 수 있는 상태를 유지하고 있지. 그래서 히나코는 생각한 거야. 너는 서민 사회에서 살아야 하지 않겠냐고."

내가 예상하지 못한 지적이었다.

내가 두 사회 사이에서 흔들리고 있다고……?

"그렇지는……."

"너는 히나코 앞에서 예전 동급생들과 친하게 지냈지? 그런

~영애들이 다니는 명문 학교에서 제일가는 **아가씨**를 남몰래 돕는 시중 담당이 되었습니다~ 5

광경을 목격하면 누구든지 생각하겠지. '나는 훼방꾼이 아닐까?'라고."

"윽."

그건 반론할 수 없다.

"키오우 학원에서 잠시 지낸 너라면 이해하겠지? 우리 같은 상류층 사람은 좋든 나쁘든 장래를 대비하고 살아가. 집안을 잇든지, 창업을 하든지, 임원이 되든지, 결혼하든지……. 모두에게 제각기 비전이 있지. 하지만 너는 그게 없어. 너는 장래의 전망이 막연하니까 주위에서도 너를 믿을 수 있는지 모르는 거야. 어쩌면 너는 별생각 없이 우리 앞에서 사라질지도 몰라. 너와 히나코는, 어느 시점까지 인생이 겹칠지…… 모르는 거라고."

나는 조금씩, 타쿠마 씨의 지적을 이해했다.

이건 현시점의 이야기가 아니다. 장래를 내다본 이야기였다.

그렇다면…… 부정할 수 없다. 듣고 보면 찍소리도 못할 만큼, 나는 내 장래를 세세하게 생각하지 않았다. 시즈네 씨의 배려로 IT 기업에 취업을 알선받았지만, 아직 그 기업에 간다고 정해진 건 아니다. 나는 IT 기업에 관심이 생기고 있지만, 구체적으로 어떤 사람이 되고 싶은지는 정하지 않았다.

그것이 틀렸던 걸까?"

"우리가 보면, 네가 사는 방식은 애매모호해."

타쿠마 씨가 의견을 말했다.

"하나를 택하고, 나머지 하나와는 결별하라……고는 말하지 않겠어. 하지만 말이야. 너한테서는 돌아가지 않을 각오가 느껴지지 않아. 내 경험상, 장래를 진지하게 내다보는 사람에게 선 예외 없이 그런 각오가 느껴져."

아무 말도 못 하는 내게, 타쿠마 씨는 진지하게 말했다.

"자신이 장차 뭘 하고 싶은지, 어떻게 살아가고 싶은지…… 다시 한번 생각해 보는 게 좋아."

그렇게 말하고, 타쿠마 씨는 차로 돌아가지 않고 어디론가 걸어갔다.

그 뒤를 쫓지도 못하고, 막지도 못한 채, 나는 집 안으로 들어간다.

마침 진료가 끝난 뒤인지, 의사는 방 한쪽에서 시즈네 씨와 이야기하고 있었다.

나는 방 한가운데에 누운 히나코에게 다가갔다.

"히나코……."

"이, 츠키……?"

나는 히나코가 대답할 줄 몰라서 눈을 크게 떴다.

보아하니 정신을 차린 듯하다.

열 때문에 땀이 맺힌 얼굴을 보고, 나는 참을 수 없이 속이 답답해졌다.

"히나코, 미안해. 내가 불안하게 했어……?"

"……아니야. 내, 탓이야."

히나코는 나지막하게 부정했다.

"내가, 이츠키의 인생을 빼앗았으니까……."

타쿠마 씨가 말한 대로, 히나코는 내 인생에 관해서 고민한 듯하다.

히나코는 여름 강습의 막바지부터 내 옛날 일을 자주 물어보게 되었다. 그 이유가 지금에 와서 밝혀졌다.

히나코는 쭉 고민한 것이다.

내, 원래의 일상을——.

"이츠키가, 원래 일상으로 돌아가고 싶다면…… 존중할게."

히나코는 힘없는 목소리로 말했다.

그건—— 시중 담당을 그만둬도 된다고 말한 거나 다름없다.

무심코, 반사적으로 고개를 가로젓는다.

"히나코, 아니야. 나는 속박당했다고 생각하지 않아. 나는 앞으로도 너와……."

"날 위해선…… 안 돼."

히나코는 고개를 살짝 저었다. 목소리는 작고, 몸도 조금만 움직였다. 그러나 그 눈에는 강한 의지가 깃들어 있었다.

"자기를 위해서, 생각해."

반드시 그래야 한다며, 히나코는 눈빛으로 호소하고 있었다.

그때, 스마트폰이 진동한다.

지금은 안 받아도 되겠다고 생각했는데.

"전화…… 받아도 돼."

히나코가 진동을 눈치채고 말했다.

괜히 신경을 쓰게 한 걸지도 모른다. 나는 전화를 받았다.

『오오, 이츠키냐! 동창회 답장, 너만 안 했어!』

스피커에서 울리는 목소리는 내 생각보다 컸다.

실수했다. 히나코에게 들리고 말았다. 동창회 참석을 보류한 것은 딱히 숨길 마음이 없었지만, 왠지 켕기는 기분이 든다.

"미안해. 지금 조금 바빠서……."

거절하려고 하자, 히나코가 고개를 가로저었다.

"다녀, 와."

"하지만……."

"이츠키도…… 지금까지의 일상을 잘 생각하고 와."

히나코는 열에 시달리면서 더듬더듬 말했다.

"다시 한번, 이 동네 사람들과 같이 지내고…… 그리고 나서, 대답해 줘."

◆

이튿날 오후.

결국 히나코의 말에 따르기로 한 나는, 동창회에 참석하기로 했다.

준급행 열차에 타고 여섯 정거장을 가야 하는 도심의 역에서 내린다. 교통비가 아까워서 집에서 가장 가까운 고등학교를 택한 나는 자기 발로 멀리 외출한 경험이 적다. 이 역을 이용한 것도 이벤트 관련 파견 아르바이트로 전철 통근이 필요해졌을 때 이후로 처음이다.

집합 장소인 개찰구 앞에 가자 이미 열 명 가까운 남녀가 모여서 떠들고 있었다.

(생활력 없음)

"이츠키!! 오랜만이잖아!"

"그래. 오랜만이야."

나를 알아본 예전 급우들이 손을 슬쩍 흔들어 준다.

나도 손을 흔들어 주고, 모두가 모인 곳에 끼어들었다.

(유리도 왔구나.)

평소 집안일로 바쁜 유리도 오늘은 참석한 듯하다. 눈이 마주치자 내게 손을 흔든다.

"좋아! 다 모였으니까 출발하자!"

동창회를 주최한 남자가 큰 소리로 말했다.

"고깃집은 언제 간댔지?"

"7시에 예약했어."

"어? 타케는?"

"걔는 알바가 있어서 밤에만 온대. 근무 시간표를 아무도 안 바꿔준다고 울더라."

동창회의 메인은 7시에 가는 고깃집이다. 그 전에 모인 사람들끼리 가볍게 놀자는 제안이 있어서, 나는 여기에도 참석했다. 히나코가 그렇게 하라고 했기 때문이다.

"그런고로 먼저 노래방 가자!"

"너는 음치니까 안 불러도 돼."

"잘 부르는 걸 준비했으니까 만회하게 해줘!"

시시한 말을 주고받는 걸 듣고, 나는 무심코 웃음이 나왔다.

그러고 보니 이런 분위기였지.

키오우 학원의 교실과는 다른 분위기가 있었다. 예전에는 나도 이런 분위기 속에서 지냈다. 그것이 무척 옛날 일처럼 느껴진다.

(아다치 양은…… 없나.)

모인 멤버 중에는 아다치 양이 없었다.

타쿠마 씨 때문에 어색한 관계가 되어서 조금 안심했다. 결국 타쿠마 씨의 발언이 맞았는지 아닌지는 모르겠지만, 시즈네 씨가 타쿠마 씨를 보고 '탁월한 통찰력'을 평가한 점, 유리에게 들은 '아다치 양이 불량해졌다'는 변화를 생각하면 무턱대고 부정할 수 없었다.

예전 급우들이 노래방에 들어간다.

"방이 두 개밖에 안 비었대."

"이 인원이면 괜찮잖아. 적당히 나눠서 들어가자."

그룹을 둘로 나누고 제각기 방에 들어갔다.

딱딱한 의자에 앉고, 나는 문득 생각한다.

(히나코는 왜 나를 속박하고 있다고 착각한 걸까……?)

애초에 그 고민 자체가 착각이다.

나는 지금 환경에 만족한다.

히나코에게 속박당했다고 추호도 생각하지 않는다. 나는 내 의지로 시중 담당 일을 하는 것이다. 과거의 생활을 희생했다고 생각하지 않는다.

그런 내 마음을 잘 전하려면 어떻게 해야 할까?

타쿠마 씨에게 들은 말을 떠올린다.

역시 내게 장래의 비전이 생기지 않으면 히나코는 안심할 수

(생활력 없음)
~영애들이 다니는 명문 학교에서 제일가는 **아가씨**를 남몰래 돕는 시중 담당이 되었습니다~ 5

없는 걸까?

(내가 하고 싶은 일을 갑자기 물어봐도…… 히나코를 위해서 시중 담당 일을 계속하겠다는 답으론 안 되는 건가?)

앞으로도 히나코를 보필한다. 그것도 장래의 비전이나 다름없겠지.

다른 사람을 위해 행동하는 건 이상하지 않을 것이다.

하지만. 근거는 없지만…… 그것만으로는 부족할 것 같았다.

지금 생각으로는 히나코가 납득하지 않을 것이다.

"이츠키. 너도 불러~!"

"그, 그래. 알았어."

머릿속에서 소용돌이치는 고민을 잠시 잊는다.

사실 노래방은 이번이 두 번째로, 선곡하는 방법도 가물가물했다. 중학생 시절에 적극적인 반 친구가 불러서 간 이후로 처음이다.

가까스로 부를 수 있는 곡을 찾아 입력했다.

화면에 내가 예약한 곡의 제목이 뜬다.

"낡았어!"

"이건 우리 중학교 시절에 유행한 노래잖아?!"

고등학생이 된 뒤로는 거의 아르바이트 일만 해서, 내가 아는 노래는 대부분 중학생 시절에서 멈췄다.

"그러면 나는 이걸 불러야지!"

"아, 그건 나도 아니까 같이 부르지 않을래?!"

여자들이 시끌벅적 떠드는 가운데, 마이크가 내게 넘어왔다.

몇 년 만에 사람들 앞에서 노래를 불렀는데, 좋지도 나쁘지도 않은 어중간한 가창력이었는지 이렇다 할 반응은 없었다.

마이크를 다음 사람에게 준 다음, 나는 자리에서 일어났다.

"화장실 좀 다녀올게."

"그래!"

방을 나가서 화장실로 간다.

그러나 사실은 화장실에 가고 싶은 게 아니었다.

아무도 없는 복도를 찾아내고 숨을 고른다.

(안 되겠는걸…… 별로 흥이 안 나.)

그 자리에 더 있었다간 나 때문에 흥이 식을 것 같았다.

고민도 있고, 요즘 노래도 잘 모른다. 지루하지는 않더라도 다른 애들처럼 흥을 낼 수 없는 상태다.

"어, 이츠키?"

복도 너머에서 유리가 다가왔다.

"유리. 여기서 뭐 해?"

"드링크바에 가려고. 가위바위보에서 졌거든."

유리라면 딱히 지지 않더라도 자진해서 그런 일을 맡을 것 같다. 아마도 그 자리의 분위기에 맞춘 것이리라.

"이츠키, 무슨 고민 있어?"

유리가 내가 물어봤다.

역시 지금의 나는 평상시와 다르게 보이는 듯하다.

유리는 내게 최고의 상담 상대라고 해도 과언이 아니다. 이참에 상담하고 싶어서 솔직히 말해 본다.

~영애들이 다니는 명문 학교에서 제일가는 **아가씨**를 남몰래 돕는 시중 담당이 되었습니다~ 5
(생활력 없음)

"실은 지금, 코노하나 양의 몸 상태가 안 좋거든."

"어? 그런데 왜 왔어? 넌 코노하나 양의 측근 일을 하잖아?"

"본인이 나더러 가라고 했어."

유리가 고개를 갸우뚱했다.

"그게…… 가끔은 나를 위해 시간을 쓰라는 말을 들었거든."

"흐응. 너무 치근덕대서 거리를 벌렸다는 거야?"

"으으……."

"저, 저기, 너무 우울해하지 않아도 되잖아."

벽에 두 손과 이마를 대고 풀이 죽은 나를 본 유리가 허둥댄다.

지금의 내게, 그 말은 직구로 꽂힌다.

"치근덕댄 건…… 아니지만, 코노하나 양은 내가 너무 희생한다고 보는 것 같거든."

남이 보면 치근덕대는 것 같을지도 모르지만, 물리적인 거리의 문제가 아니므로 적당히 얼버무린다.

문제는 히나코가 나를 속박했다고 착각한다는 것이다.

"나는 처음부터 나를 위해 시간을 쓰고 있어. 코노하나 양을 위해서 일하는 건 업무상 당연한 거고, 보람도 느끼거든. 그러니까 딱히 그렇게 불안해할 일도 아니라고 보는데……."

내가 히나코의 측근…… 즉, 사용인으로서 일한다는 건 유리도 안다.

그러니까 동의할 것으로 여겼는데.

"코노하나 양을 신분이 높은 아가씨가 아니라, 또래 여자애로 생각하면 달라지지 않을까?"

"어······?"

"코노하나 양도 그런 일면이 있을 거야. 모르는 일도 있을 거고······ 자신의 감정을 고민할 때도 있을걸."

마치 실제로 그런 히나코를 본 적이 있는 것처럼.

유리는 실감이 나는 듯한 얼굴로 말했다.

"그런 전제로 말하면, 이츠키의 사고방식은 부담스러울지도 몰라."

"부담스러워······?"

"그야 '당신을 위해 일하겠습니다!' 는 조금 오버 아니야? 그건 상대를 위한다고 말하면서 부담감을 주는 것 같기도 해."

유리가 한 말은 내게 큰 충격을 주었다.

나는 천천히 그 말을 받아들이고, 입을 연다.

"그런가······. 나는 부담을 준 건가."

유리의 말이 맞다.

나는 순수하게 히나코를 돕고 싶었다. 히나코는 내가 그렇게 생각하는 바람에 조금씩 미안함이 든 거겠지.

(아아······ 그런 건가.)

타쿠마 씨가 한 말, 히나코가 한 말, 그리고 방금 유리가 한 말······ 모든 점이 선으로 이어졌다.

히나코에게도 좋은 집안 아가씨와는 다른 측면이 있다. 그건 유리에게 들을 것도 없이 나도 잘 아는 부분이다.

하지만 나는 지금껏 내가 본 것을 전부로 여겼다. 사실은 게으르고, 생활 능력이 빵점이고, 감자칩을 아주 좋아하고, 종종 내

(생활력 없음)
~영애들이 다니는 명문 학교에서 제일가는 아가씨를 남몰래 돕는 시중 담당이 되었습니다~ 5

가 깜짝 놀랄 정도로 응석을 부리는 소녀. 그것이 히나코의 다른 일면이라고 생각했었다.

그러나 아니었다.

정확하게는 다른 게 아니라, 달라진 것이다.

시즈네 씨도 자주 말했다. 히나코는 달라졌다고.

그러니까 내가 모르는 다른 측면이 생긴 것이다.

히나코는 최근 며칠 동안 내가 예전에 살던 동네를 걷고, 내가 예전에 알던 사람들과 대화했다. 그 과정에서 또 변화가 생긴 거겠지.

예전의 히나코라면 아무렇지도 않았을 것이다.

하지만 달라진 지금의 히나코에게—— 나는 부담이 가는 것이다.

그리고 불안이 생겼다. 지금까지 내가 쭉 히나코를 위해 행동했으니까…… 히나코는 나를 속박했다고 착각한 것이다.

"이해했어?"

"그래……."

"뭐, 너는 자기를 위해 시간을 쓰는 게 서투니까."

유리는 반쯤 동정하는 기색으로 내 눈을 보고 말했다.

"이츠키는 옛날부터 좋아서 하는 건지 의무감으로 하는 건지 잘 모르는 구석이 있으니까…… 그래서 코노하나 양이 불안해진 걸지도 몰라."

그렇게 말하고, 유리는 드링크바로 갔다.

유리는 누구보다도 나를 가까이서 잘 봤을 것이다.

그런 유리의 말은 내 가슴에 확 와닿았다.

(좋아서 하는 건지, 의무감으로 하는 건지…….)

물론 좋아서 하는 일이라고 생각한다. 그러나 그 근거를 물어 봤을 때, 내가 제시할 수 있는 건 아무것도 없었다.

생각해 보면 나는 항상 그랬다.

히나코를 위해서, 텐노지 양을 위해서, 나리카를 위해서, 유리를 위해서…… 그렇게 남을 위해서 일함으로써 만족하는 기분에 잠겼다.

그 대신, 나는 나 자신을 잘 보지 않았다.

나는 뭘 하고 싶을까?

나는 어디 있고 싶을까?

"생각해야지……."

히나코가 뭘 고민하는지를 더 선명하게 이해한 지금, 나는 '예전처럼 히나코를 위해서 노력한다는 대답이라도 괜찮지 않을까?' 라는 안이한 생각을 버렸다.

역시 진지하게 생각해 봐야 할 것 같다.

내 장래의 비전…… 고등학교를 졸업하는 3년 동안이 아니라, 졸업한 뒤도 포함한, 어른이 된 나의 비전을 생각해야 한다.

방으로 돌아가 보니 동창회를 주최한 남자가 내가 모르는 노래를 열창하고 있었다.

그대로 흥이 식는 일 없이, 한 시간이 지난 무렵에 우리는 노래방을 나섰다.

"슬슬 고기 먹으러 가자!"

"예——이!!"

남녀 모두가 완전히 신났다.

예약했다고 하는 연회용 자리로 안내받고 순서대로 앉는다.

"와, 그나저나 이츠키랑 고기를 먹으러 가는 날이 올 줄이야."

"작년의 이츠키라면 무조건 거절했을 거니까."

정면에 앉은 남자와 옆에 앉은 남자가 웃으면서 말했다.

"미안해……."

"괜찮아! 그만큼 오늘은 마음껏 먹어!"

깨끗한 석쇠에 계속해서 고기가 자리를 채운다.

숯불에서 올라오는 뜨거운 열기를 느끼고, 또다시 히나코를 떠올렸다. 지금쯤 뭘 하고 있을까? 잘 쉬고 있을까?

(이럴 때는 뭘 말하면 좋더라……?)

공통적인 화제가 떠오르지 않아서, 나는 말문을 열 수가 없었다.

그래서 주위 사람들이 하는 이야기를 슬쩍 듣는다.

"요번에 공개된 그 영화 봤어?"

"아, 봤어! 오늘 아침 뉴스에도 나오더라!"

오른쪽에 있는 여자들은 영화 이야기를 했다.

"어제 인터넷 지인하고 랭크전을 돌렸는데 말이야."

"넌 진짜 게임밖에 모르네~."

왼쪽에 있는 남자들은 온라인 게임 이야기를 했다.

영화도, 게임도, 나는 최근에 접하지 않았다. 어느 쪽 대화에도 낄 수 없을 것 같다.

그 이전에…… 내가 낄 대화는 전혀 없어 보였다.

"아, 맞다. 이츠키, 이 녀석 드디어 여친 생겼다."

막 구워진 고기를 먹으며 정면에 앉은 남자가 말했다.

지목당한 옆자리 남자는 알기 쉽게 수줍어했다.

"1학년 때부터 여친 타령을 했으니까."

"그래! 2학년 교외 학습에서 큰맘 먹고 고백했거든. 와~ 용기를 내길 잘했어."

예전 이야기라면 나도 끼어서 즐겁게 떠들 수 있었다.

여자와 사귀는 건 지금의 내게 꿈같은 일이지만, 본인은 최선을 다한 노력한 거겠지. 나는 다시 "축하해."라고 말했다.

"아, 맞다. 이츠키. 너 혹시 상점가에 있는 철판구이집에서도 일했어?"

"어. 알바를 했는데, 왜?"

"요전번에 우리가 그 가게에 갔는데. 그랬더니 점원이 우리 교복을 보고, 우리랑 같은 고등학교에 다니면서 왕창 일한 알바가 예전에 있었다고 한탄하더라고. 우리는 혹시 이츠키 얘긴가 했거든."

"아마도 그럴 거야. 시간이 나면 인사하러 갈까."

며칠 전에 상점가를 지났으니까, 그때 가볍게 얼굴을 보이러 가야 했을지도 모른다.

"그나저나 우리 얘기 말고 네 얘기도 해봐!"

최근에 애인이 생긴 듯한 남자가 몸을 내밀고 말했다.

"이츠키는 이제 알바 안 해?"

"아니, 알바……라고 해도 될지는 모르겠는데, 지금은 남의 집에서 살면서 일하고 있어. 청소나 설거지, 그리고 다른 사람을 보필하는 일인데……."

"헤에, 호텔맨 같은 일이야?"

"뭐, 그런 느낌이야."

듣고 보니 사용인과 호텔맨은 비슷한 직업일지도 모른다. 나는 더 개성적인 일을 하지만.

"여전히 고생이 많아 보이네. 하지만 키오우 학원에 다닌다면 예전이랑 다르게 돈이 쪼들리진 않겠지?"

"그러게……."

가난뱅이 근성이 어디 간 건 아니니까, 기본적으로는 저금만 하지만.

"그러면 여기저기 놀러 다닐 수 있잖아? 해외여행이라거나, 테마파크라거나."

"영화도 얼마든지 볼 수 있잖아?"

"옷도 골라잡을 수 있겠네!"

옆에서 우리 이야기를 듣던 다른 남녀도 대화에 끼어들었다.

그러나 나는 허탈하게 웃고.

"아니, 꼭 그렇지도 않아."

지금까지의 생활을 떠올리며 대답했다.

"매일 일과 공부로 바쁘니까. 여름 방학이 되고 나서는 가끔 이렇게 놀 시간도 생겼는데, 평소에는 일이 아니면 외출할 일도 없거든. 뭘 사러 나가는 건, 요 몇 달 동안에는 없었을 거야."

평일에는 물론이거니와, 휴일에도 나는 사용인 일과 공부에 쫓기고 있다. 사실 예전과 비교해서 자유롭게 쓸 시간이 늘어난 건 아니다. 오히려 줄어들었을 정도다.

여름 강습은 여행이라고 할 수 있을지도 모르지만, 합숙이란 표현이 가장 가까울 것 같다. 카루이자와에서는 떠올리기만 해도 인상을 찌푸릴 정도로 어려운 수업을 들었다.

"그, 그렇구나……."

"고, 고생이 많네……."

질문한 아이들은 쓴웃음을 지었다.

(어라……?)

왜 이렇게 멋쩍은 반응을 보이는지 이해할 수 없었다.

나는 딱히 힘들다고 여기지 않는데…….

"이츠키! 우리는 2차로 게임 센터에 가려고 하는데, 같이 갈래?"

조금 멀찍이 떨어진 자리에 앉은 남자가 잘 들리게 물어봤다.

나는 아직 히나코에게 전할 만한 해답을 찾지 못했다.

하지만── 지금은 신기하게도 그 힌트를 얻은 기분이 들었다.

조금만 더 모두와 지내다 보면 해답을 찾을 수 있을지도 모른다.

"그렇다면 나도 갈게."

"좋았어! 태고의 철인 하자고!"

남자들이 신나게 떠든다.

(생활력 없음)
~영애들이 다니는 명문 학교에서 제일가는 **아가씨**를 남몰래 돕는 시중 담당이 되었습니다~ 5

다들 나와 다르게 여러 오락을 금방 떠올리는 듯하다.

그 뒤로 고기를 잘 먹은 우리는 밖으로 나가 2차에 참가할 사람들과 귀가할 사람들로 나뉘었다.

귀가하는 일행 중에는 유리가 있었다.

"유리는 집에 갈 거야?"

"그러려고. 슬슬 집안일이 걱정되니까."

"그런가……."

조금 쓸쓸한 기분이 든다.

그러자 유리는 놀리는 듯한 얼굴로 나를 봤다.

"뭐야, 같이 있으면 좋겠어?"

"그렇지……."

"어?"

유리가 눈을 휘둥그레 뜨고 놀란다.

뒤늦게 나는 내가 무슨 소리를 했는지 깨달았다.

"아, 아니. 미안해. 내가 이상한 소리를 했지……?"

"무, 무진장 이상한 소리를 했어……. 심장이 터지는 줄 알았어……."

얼굴이 새빨개진 유리가 가슴을 손으로 누르고 말했다.

오랫동안 알고 지내서 그런지, 나는 가끔 유리에게 내 생각을 그대로 말할 때가 있다.

"뭐라고 할까, 지금은 유리가 가까이 있어 주면 마음이 편해질 것 같아서……."

"그게 무슨 뜻이야……."

그렇게 말하면서도, 유리는 짚이는 구석이 있는지 작게 한숨을 쉬고 말했다.

"그야 나는 이츠키랑 닮았으니까."

"닮았다고?"

"아마도. 너는 지금 옛날과 차이를 느끼는 거지? 나도 가끔 느낄 때가 있어. 평소 가게 일이 바빠서 다른 애들과 잘 놀지 못하니까."

나만 격차를 느끼는 아닌 듯하다.

"유리는, 지금 생활에 불만이 생긴 적이 없어?"

유리는 딱 잘라 말했다.

"없어. 나는 장차 훌륭한 요리사가 되고 싶으니까. 애들이 하는 이야기에 따라가지 못할 때는 있지만, 어쩔 수 없다고 털어냈어."

그렇군……. 유리는 장래의 비전이 있나.

유리는 나와 닮았을지도 모르지만, 나보다 더 앞서고 있었다.

자신감이 조금 사라진다. 그런 내게 유리가 말한다.

"넌 요전번에도 나한테 말했지? 부모님이 증발했을 때, 만약 코노하나 양과 만나지 않았더라면 나를 의지했을 거라고."

"그랬지……."

"그거, 무척 기뻤어."

유리는 조금 수줍어하며 말했다.

"그러니까 여차할 때는 기대한 만큼 내가 도와줄게. 넌 혼자가 아니야. 그렇게 살아도 고립하진 않을 테니까, 그것만큼은

~영애들이 다니는 명문 학교에서 제일가는 **아가씨**를 남몰래 돕는 시중 담당이 되었습니다~ 5

안심해."

그렇게 말하고, 유리는 발걸음을 돌렸다.

작은 몸이 멀어지기 전에―― 나는 무심코 말을 걸었다.

"유리."

"왜?"

"난, 유리가 없었더라면 지금껏 살지 못했을 것 같아."

"갑자기 너무 큰 감정을 털어놓지 말아 줄래……?"

유리는 곤혹스러워했다.

"하지만 뭐, 당연해. 왜냐면 나는, 네 누나니까!"

그렇게 말하고 유리는 내 앞에서 완전히 떠났다.

그 말을 듣고 싶었다. 예전과 똑같은 말을 듣고, 지금의 나도 틀리지 않았다며 안심하고 싶었다. 그런 내 마음을 헤아려 준 것이리라.

믿음직한 누나다.

앞으로 내가 어떤 결론을 내리더라도, 유리와의 연결고리만큼은 지키고 싶다……고 생각했다.

◆

2차에 참석하는 사람은 대부분 남자였다. 나는 안내에 따라서 게임 센터로 간다. 그곳은 동네 게임 센터와 다르게 5층 건물로 된 대형 점포였다.

"이츠키, 진짜 발컨이네!"

"어쩔 수 없잖아. 오랜만에 하니까."

리듬 게임에서 레이싱 게임까지 얼추 다 해본다.

히나코나 다른 아가씨들과 갔을 때는 내가 압승했지만, 예전 급우들과 놀면 형세가 역전된다. 어느 게임이든 대결하면 대부분 내가 참패한다. 유일하게 운 요소가 많은 게임만큼은 승패가 반반이었다.

대부분 나와 다르게 이런 게임에 익숙한 듯했다.

그걸 실감하면 소외감도 생기지만…….

(괜찮아. 나는 혼자가 아니야.)

유리에게 들은 말을 떠올린다.

아까는 소외감에 정신이 팔려서 내 자세에 자신감이 생기지 않았다. 하지만 지금이라면 차분하게 히나코의 말을 잘 생각해 볼 수 있다.

다른 사람과 다르게 사는 건, 나쁜 게 아니리라.

문제는 그러려면 각오가 필요한데, 나는 그 각오가 없었다. 타쿠마 씨와 히나코는 그 점을 간파한 것이다.

"망했다. 땀이 나."

"나도."

"조금 쉬자고."

예전 급우인 남자와 둘이서 자판기 앞에 있는 벤치에 앉았다.

하키 게임에 너무 열중한 걸지도 모른다. 오랜만에 정신없이 놀았다.

"자, 이츠키. 내가 살게."

(생활력 없음)

"오오…… 고마워."

스포츠 음료를 받고, 곧장 마시기 시작한다.

그런 나를, 남자는 관찰하듯 쳐다봤다.

"달라졌네."

"자주 들어. 자세가 좋아졌다나 뭐라나."

"아니, 외모 말고. 까놓고 말해서, 말하기 편해졌어."

고개를 갸우뚱하는 내게, 남자가 말을 잇는다.

"이츠키 넌 예전만 해도 마실 걸 쏘면 엄청 오버해서 고마워했잖아. 기분이 나쁜 건 아닌데, 가끔 찜찜했거든."

"으…… 미안해."

익숙해진 유리와 다르게, 다른 사람이 먹을 거나 마실 것을 사면 나는 무심코 호들갑스럽게 고마워했다. 유리한테도 처음에는 그랬을 것이다.

"이츠키. 우리는 내일도 같이 놀자고 약속을 잡았는데, 어때?"

"미안해. 내일은 예정이라고 할까, 공부할 게 있거든."

"공부?"

"슬슬 개학이니까, 예습과 복습을 하고 싶어서. 키오우 학원의 수업은 어려우니까, 그 정도는 해야 따라갈 수 있어."

또 멋쩍은 반응을 보일 줄 알았다.

그러나 이번엔 달랐다.

"즐거워 보이는걸."

예전 급우는 안심한 듯이 나를 보고 말했다.

예상하지 못한 반응을 보고, 나는 고개를 갸우뚱했다.

"즐거워 보여?"

"그래. 안 즐거우면 그렇게 애쓸 수 없잖아."

"그렇, 지……. 즐거울 거야."

아주 지당한 의견이었다.

그렇다. 나는 키오우 학원에서의 일상을 즐겁게 느낀다. 그건 확실하다.

"처음엔 고생했지만. 선생님이 하는 말이 전부 주문처럼 들리고, 수업 속도도 빠르고 해서. 매일 죽기 살기로 공부할 수밖에 없었어."

어느새 나는 키오우 학원에서의 일상을 떠올리며 설명했다.

"그래도 수업이 어려운 것보다도, 주위 모두가 당연하듯 노력하는 게 놀라웠어. 나는 그냥 내가 선천적으로 머리가 나빠서 고생하는 줄 알았는데, 그런 게 아니었어. 키오우 학원 학생들은 타고난 능력과 관계없이 매일 무척 노력하는 거야."

물론 선천적인 능력 차이는 존재한다. 하지만 히나코나 다른 학생들을 보고 그것이 사소한 문제임을 알았다.

나와는 의식이 달랐다.

키오우 학원 학생들은 모두 미래를 똑바로 보는 의지가 있었다.

"그러니까 나도 그런 사람들처럼……."

그만큼 말하고, 나는 문득 말을 멈췄다.

(아……………….)

입에서 저절로 튀어나오려고 한 말이 있었다.

그것을 머릿속으로 자꾸 되새긴다.

아, 그랬구나.

딱히 어렵게 생각할 필요가 없어.

이게—— 내 해답이야.

"이츠키?"

"아, 아무것도 아니야……."

나는 "신경 쓰지 마."라고 고개를 저었다.

"미안해. 말하기 편해졌는데 교류는 여전히 미묘해서."

"그러게 말이야. 하지만 뭐, 후회할 일은 만들지 마."

아마도 이 친구들은 내가 오늘 동창회에서 종종 소외감에 시
달리는 걸 알아본 거겠지. 나는 친구 복이 있다고…… 다시금
그렇게 생각했다.

"좋아. 그러면 나중에 만회하게 해줘."

"오, 의욕이 넘치는걸. 이츠키. 덤벼 보라고."

휴식이 끝나고, 다시 게임에 열중한다.

해답은 찾았다. 그러니까 이제 집에 가도 되지만, 오늘은 최대
한 놀자고 생각했다.

아마도 다음에 내가 이 친구들과 같이 노는 건, 시간이 더 지난
뒤겠지. 다들 좋은 친구들이다. 소중한 관계라고 생각한다. 하
지만 얼굴을 마주칠 기회는 좀처럼 늘어나지 않는다.

나는 내가 살 곳을 찾았다.

◆

"히나코!"

집에 간 나는 문을 닫자마자 히나코를 불렀다.

그리고 곧장 깨달았다. 그러고 보니 히나코는 열이 나서 쓰러졌었다.

"미, 미안해. 목소리가 너무 컸어."

"응...... 일어났으니까, 괜찮아."

이불에 누운 히나코가 느릿느릿 움직여서 나를 돌아봤다.

"어, 시즈네 씨는?"

"장 보러...... 내가 열이 나서, 몸에 좋은 걸 사러 가겠대."

듣고 보니 현관에 시즈네 씨의 신발이 없었던 것 같다.

아마도 직전까지 곁에서 수발을 들고, 히나코의 용태가 안정된 다음에 장을 보러 간 거겠지. 머리맡에는 몸을 닦을 때 쓴 것으로 보이는 수건이 놓여 있었다.

잘 쉬었는지, 내가 집을 나섰을 때와 비교하면 얼굴색이 많이 좋아졌다. 히나코는 내가 오기 전에도 열이 나서 앓아누운 적이 있다고 하니까 시즈네 씨도 간병에 익숙했고, 히나코 자신도 요양이 익숙했다.

"해답, 찾았어?"

"그래......."

히나코는 내가 허둥댄 이유를 눈치챈 듯하다.

히나코에게 부담을 주지 않도록 차분하게, 조용히 말했다.

"오늘, 동창회에서 오랜만에 반 친구들을 봤어."

오늘 하루, 내가 뭘 보고 뭘 들었는지.

그 하나하나를 꼼꼼히 떠올리며 말했다.

"다양한 이야기를 들었어. 영화를 보러 갔다거나, 같이 밥을 먹었다거나…… 당연하지만, 다들 내가 모르는 데서 자주 놀았나 봐. 노래방에 가면 나 말고 모두가 유행가를 부르고, 게임 센터에 가면 나보다 훨씬 잘해. 다들 자주 간 거겠지……."

히나코가 침울한 표정을 지었다.

그런 일상을, 내게서 빼앗았다고 생각한 거겠지.

실제로 나도 그걸 보고 그렇게 살 수도 있었겠거니 싶었다. 그리고 그것도 행복하게 사는 삶이라고 생각했다.

"하지만 부럽다고 생각하진 않았어."

히나코가 눈을 동그랗게 뜬다.

"나는 지금 생활이 즐거우니까."

"……즐거워?"

"그래."

되묻는 히나코에게, 나는 힘껏 고개를 끄덕였다.

"나는 지금의 삶에 만족해. 다들 자기가 하고 싶은 일을 하는 것처럼, 나도 하고 싶은 일을 하는 거야."

그 감정을 깨달은 것이 컸다.

만약 내가 의무감만으로 히나코의 곁에 있었다면, 모두를 부럽게 여겼을 것이다. 그러나 나는 그런 마음이 전혀 생기지 않았다.

―――의무감이 아니다.

내가 지금 여기서 히나코와 이야기하는 건 의무여서 그런 게
아니다.

시중 담당으로 일하는 것도, 키오우 학원에 다니는 것도, 매일
진지하게 공부하는 것도. 최선을 다해 일하는 것도, 전부―――
의무여서 그런 게 아니다.

내가 좋아서 하는 일이다.

"나는 있지. 히나코와 만나서, 감동했어."

왜 내가 지금의 일상을 즐겁게 느낄 수 있는지.

그 이유를 설명한다.

"키오우 학원에 다니고, 히나코 같은 상류층 사람들과 만나
고, 그 삶에 진심으로 감동했어. 큰 책임을 짊어지고, 그에 걸맞
게 되려고 노력하는 것을. 그렇게 장대한 삶을 사는 사람들이,
나는 좋았어."

머릿속에서 여러 사람이 떠오른다.

아사히 양도, 타이쇼도 그랬다. 처음부터 이야기하기 편했고,
한편으로는 역시 키오우 학원 학생답게 진지하게 장래의 전망
을 생각했다.

내 주위에는 대단한 사람밖에 없다.

"그러니까 나도 어느샌가 그렇게 되고 싶다고 생각한 거야."

매우 자연스러운 일이라고 본다.

주위에 그토록 진지하게 노력하는 사람이 있으니까.

당연히 자극받겠지.

"처음에는 히나코를 위해서 노력했어. 하지만 지금은 그게 다가 아니야. 지금은 순수하게, 내가 진심으로 생각해서 모두와 대등하게 성장하고 싶어."

내 노력은 능동적인 것이다.

남이나 환경에 강요당한 게 아니다.

그러니까 즐거운 거다. 하고 싶은 일을 하는 거니까.

"장차 뭘 하고 싶은지…… 그건 아직 찾지 못했어. 하지만 딱 하나, 확실히 정한 게 있어."

어쩌면 지금이 아니라, 훨씬 오래전부터 무의식중에 정한 것일지도 모른다.

내가 무의식중에 가슴속에 품은, 한 가지 목표——.

"나는 큰 책임을 짊어질 수 있는 사람이 되고 싶어. 히나코처럼, 텐노지 양처럼, 나리카처럼……."

혹은, 카겐 씨처럼.

유리에게도 비슷한 감정이 있다. 언젠가 요리사가 되고, 가게를 물려받는 것을 넘어서 체인점으로 만들겠다고 하는 야망이 있는 유리를, 나는 존경하고 있었다.

이건 결코 동경이 아니다. 목표다.

나는 다른 사람들처럼 살고 싶다.

"그렇다면 나는 오늘 같이 논 친구들처럼 살지 않아도 돼. 나는, 앞으로도 너희가 있는 세계에서 살고 싶어."

나는 히나코에게 속박당한 게 아니다.

나는 내 의지로, 이 세계에서 살고 있다.

그런 마음을 담아서 히나코에게 말했다.

"⋯⋯다행이야."

내 이야기를 듣던 히나코는 눈물을 글썽이며 말했다.

"이츠키가, 사라지지 않아서⋯⋯ 다행이야."

히나코는 진심으로 안도한 듯이 웃었다.

눈물을 뚝뚝 흘리는 히나코의 머리를, 나는 슬며시 쓰다듬었다.

◇

머리를 쓰다듬기며, 히나코는 최근 며칠 동안의 일을 떠올린다.

자신은 이츠키를 괴롭히는 게 아닐까? 그 불안은 마음속에서 이츠키의 존재가 커질수록 강해졌다.

확인해 보긴 무서웠지만, 가슴속에서 부풀어 오르는 불안을 더 참을 수 없어서, 히나코는 용기를 내서 물어보기로 했다.

이츠키가 정말로 하고 싶은 일이 뭔지를――.

(정말⋯⋯ 다행이야.)

이츠키에게 머리를 쓰다듬기며, 히나코는 마음속으로 안도했다.

지금까지도 몇 번이고 머리를 쓰다듬긴 적이 있었다. 업힌 적도, 같이 식사한 적도, 같이 목욕한 적도⋯⋯ 여러모로 있다.

그건 전부 이츠키가 좋아서 해준 일이었다.

(생활력 없음)

자신은 이츠키를 불행하게 하지 않았다.

(나는…… 이츠키를, 좋아해도 되는 거야…….)

그렇게 자신할 수 있어서 기쁘다.

(그렇다면 더는 망설이지 않아……. 앞으로는, 더 용기를 낼 거야…….)

뭘 하면 좋을지 전혀 모르겠지만, 그건 나중에 생각해 봐도 되겠지.

이츠키가 부드럽게 머리를 쓰다듬어 준다. 그럴 때마다 마음이 편해진다. 아마도 이츠키는 연애 감정이 없이 이러는 걸 테니까 마음이 복잡해지지만…… 우선 그 의식을 개혁할 수 있게끔 움직여야 할까.

유리에게 들은 사랑의 라이벌 선언에도 잘 대답해야 한다. 이제는 그 선언에 굴할 이유도 사라졌다. 싸움의 시작이다.

이츠키가 머리를 쓰다듬어 준다. 활활 타오르던 투지가 확 식었다.

오늘 하루는…… 느긋하게 있어도 되리라.

히나코는 오랜만에 안심하고 잠들었다.

◆

히나코가 잠들고, 잠시 후 시즈네 씨가 귀가했다.

히나코는 완전히 푹 잠들었지만, 우리가 잘 시간으로는 아직 이르다. 히나코가 깨지 않도록, 나는 조용히 공부하고, 시즈네

~영애들이 다니는 명문 학교에서 제일가는 **아가씨**를 남몰래 돕는 시중 담당이 되었습니다~ 5
(생활력 없음)

씨도 업무를 시작했다.

　그때, 집 문을 똑똑 두드리는 소리가 났다.

　(노크……? 인터폰이 있는데?)

　문 구멍으로 밖을 본다.

　"타쿠마 씨?"

　문 앞에는 낯익은 인물이 서 있었다.

　"타쿠마 님이 오셨나요?"

　"네. 잠깐 나가볼게요."

　나는 신발을 신고 밖으로 나갔다.

　짐작이지만…… 히나코나 시즈네 씨가 아니라 나한테 볼일이
있을 것 같았다.

　"안녕. 이츠키 군. 밤늦게 미안해."

　무슨 일인지 몰라서 가볍게 고개를 숙인다.

　타쿠마 씨는 내 얼굴을 보고 미소를 지었다.

　"그 낌새로 봐선, 히나코가 머물 곳이 된 모양이네."

　"정말 뭐든지 아는 거군요……."

　"하하하. 그것 때문에 불쾌하게 여겨지는 일도 많아."

　내 얼굴을 보기만 하고도 상황을 얼추 파악한 듯하다.

　솔직히 이건 불쾌하게 여겨져도 어쩔 수 없다.

　"잠시 이야기할까."

　그렇게 말하고, 타쿠마 씨는 걷기 시작했다.

　나는 타쿠마 씨의 옆에서 걸으며 물어본다.

　"아까 인터폰을 누르지 않은 건 히나코를 생각한 건가요?"

"당연히 그렇지. 몸이 아픈 히나코를 깨우면 미안하니까."

"히나코를, 걱정하시는 거군요."

"이래 보여도 오빠니까. 당연하잖아?"

그렇게 말해 주는 타쿠마 씨에게, 나는 안심했다.

히나코와 시즈네 씨에게 들은 바로는 여러모로 무시무시한 인상이 있었는데, 타쿠마 씨는 생각했던 것보다 상식적이고 자상한 사람이 아닐까? 그런 생각이 든다.

"그래서? 너는 뭐라고 말하고 히나코를 안심하게 했지?"

"그건……."

본론은 처음부터 그거였겠지.

나는 아까 히나코에게 한 말을 타쿠마 씨에게 설명했다.

"흐응…… 큰 책임을 짊어질 수 있는 사람이 되고 싶다?"

타쿠마 씨는 내 대답을 듣고 작게 중얼거렸다.

"아직 애매모호한 비전인 건 압니다. 하지만 저는 그것만으로도 어디에 살지 정할 수 있었어요."

"아니야. 그 정도면 돼. 오히려 내가 지적했다고 해서 금방 구체적인 진로를 정해도 거짓말 같으니까. 장래의 전망은 간단히 정해도 될 게 아니잖아?"

본인이 부추겨 놓고서…….

가슴속에서 들끓는 감정을 이성으로 지웠다.

"하지만 너는 그게 전부가 아닌 듯하군."

타쿠마 씨는 즐거운 투로 말했다.

"조금 더 구체적인 전망을 찾을 수 있지 않았을까?"

(생활력 없음)
~영애들이 다니는 명문 학교에서 제일가는 **아가씨**를 남몰래 돕는 시중 담당이 되었습니다~ 5

여전히 통찰력이 대단하다.

이 사람에게는 얼버무릴 수 없을 것 같다.

"어디까지나, 지침의 하나로 생각하는 거지만요."

나는, 히나코에게도 전하지 않은 결의를 고백했다.

"가능하다면, 코노하나 그룹의 임원이 되고 싶습니다."

그건 내가 해답을 모색할 때, 문득 떠올린 희망 사항이었다.

어떤 사람이 되고 싶은지. 그 질문에 내가 가장 먼저 떠올린 건 히나코 같은, 키오우 학원에서 고귀하게 사는 사람들이었다.

나아가 장래에 뭐가 되고 싶은지. 그 물음에 대해서 내가 떠올린 건…… 카겐 씨 같은 어른이었다. 텐노지 양이나 나리카의 부모님처럼, 현역으로 큰 책임을 짊어지고, 그것을 움직이는 사람들이었다.

거기까지 생각했을 때, 나는 내가 목표로 삼을 위치를 떠올렸다.

"푸, 하하하하하하! 참 대단한 야심 아닌가!"

타쿠마 씨는 성대하게 웃었다.

조용한 밤거리에 웃음소리가 메아리친다.

"웃지 말아 주세요. 그러니까 말하지 않으려고 했는데."

"웃는 건, 네 실력이 아직 부족해서 그런 거야."

맞는 말이다.

지금의 내가 이렇게 말해도 창피할 게 뻔하다.

언젠가—— 나는 지금의 발언을, 상대가 진지하게 받아들이는 사람이 되어야 한다.

"아무튼 내 앞에서 그런 말이 나온 용기는 인정하지. 보상으로 사건의 자초지종을 조금 더 자세히 가르쳐 줄까."

"사건의 자초지종, 말입니까?"

"코노하나 그룹의 불상사 말이야. 임원이 목표라면, 들어둬서 나쁠 건 없지."

타쿠마 씨가 진지한 얼굴로 나를 봤다.

"내가 그 저택에 불린 건, 나와 아버지 사이에서 이번 불상사에 관한 자세가 다르기 때문이야."

타쿠마 씨는 설명하기 시작한다.

"그룹 회사의 직장 내 갑질을 밀고한 사람은 나야."

그건…… 몰랐다.

사건의 발단은 타쿠마 씨였나.

"코노하 드링크 주식회사는 반년 전에 우리가 매수한 기업이야. 그런데 사실 그 회사는 예전부터 체질적으로 사원들의 직장 내 갑질 문제가 있었거든. 매수 때는 잘 숨긴 모양인데, 나는 사원의 얼굴을 보고 금방 그 문제가 아직 남아 있다고 눈치챘지."

천성의 통찰력. 세계적으로 봐도 드문 EQ의 소유자.

그런 타쿠마 씨에게, 사원의 얼굴에서 기업의 체질을 알아내는 건 쉬운 일이겠지.

"그래서 나는 이번 일을 언론에 전해 대대적으로 발표하게 하려고 했어. 그렇게 하면 코노하 드링크의 문제 해결은 물론, 그룹에 만연한 다른 갑질 사원에게도 좋은 본보기가 되지. 그런데 아버지가 직전에 그걸 막았단 말이지. 그랬다간 코노하나 그룹

~영애들이 다니는 명문 학교에서 제일가는 **아가씨**를 남몰래 돕는 시중 담당이 되었습니다~ 5

의 브랜드 가치를 훼손하게 된다고 말이야."

타쿠마 씨의 생각은 일리가 있다.

하지만 나는 카겐 씨의 판단이 더 올바르게 느껴졌다.

타쿠마 씨의 방식은 과격하다. 카겐 씨는 손해가 너무 크다고 판단한 거겠지.

"요 며칠 동안 너희가 떠난 저택에서 아버지와 논쟁을 벌였는데, 최종적으로는 수적으로 불리해서 졌어. 나로서는 최선의 수단이라고 생각했는데 말이야."

"최선이라뇨……."

무심코 입을 열었더니, 타쿠마 씨가 나를 똑바로 바라봤다.

그 눈빛에 꿰뚫려, 나는 한순간 나 따위가 참견해도 되는지 망설였다. 그러나 이렇게 설명을 들은 이상, 의견을 말할 권리가 있겠지.

"코노하나 그룹의 브랜드 가치가 훼손되면 종업원들도 위험해지지 않을까요?"

그렇게 되면 주객전도의 결말이 되지 않을까?

"그건 필요한 희생이야."

타쿠마 씨는 대수롭지 않게 말했다.

그게 무슨 문제냐고 묻는 느낌이다.

"나는 말이지. 코노하나 그룹은 한 번쯤 부서지는 게 좋다고 보거든."

그 발언의 의미를, 나는 잠시 이해할 수 없었다.

코노하나 그룹이, 부서져도 된다고……?

이 사람은 대체 무슨 말을 하는 거야?

"우리 그룹은 역사가 너무 긴 탓에 고름이 지천으로 널린 상황이야. 그래서 나는 해체와 재구축이 필요하다고 보지. 일시적으로 브랜드를 더럽힐 각오가 없으면 근본적으로 개혁할 수 없어. 그 점에서 나는 아버지와 대립 중이야."

무슨 말을 하는지는 이해할 수 있었다.

하지만 그 사고방식은 역시 과격한 것 같았다.

내가 서민이니까…… 기업 경영을 잘 모르니까, 잘 상상할 수 없는 걸까?

그런 내 심정을 눈치챘는지, 타쿠마 씨가 말을 이었다.

"너도 이상하게 느끼잖아? 어째서 히나코가 저토록 고생해야 하지?"

그건 나도 공감할 수 있는 화제였다.

처음부터 쭉 생각했었다. 왜 히나코가 고생해야 하는지——.

"원래부터 코노하나의 혈통은 개성이 강해. 히나코는 나태하고, 나는 이기적이지. 우리처럼 개성이 강한 일족이 이 규모의 그룹을 장악하려면 여분을 적당히 쳐내야 해. 하지만 아버지는 그러려고 하지 않지. 그러니까 히나코의 부담도 커지는 거야. 아버지는 쳐내는 걸 못 하거든."

"하지만 이번엔 불상사가 있었지만, 카겐 씨는 지금의 그룹을 적절하게 운영하고 있지 않나요?"

"아버지도 무리하고 있어. 어머니가 돌아가신 뒤로 쭉."

타쿠마 씨는 시선을 슬쩍 내리고 말했다.

타쿠마 씨는 순수하게 가족을 걱정하는 걸까?

그러나 그런 것치고는 뭔가 이상한 느낌이 자꾸 들었다.

"히나코는, 그걸 바라나요?"

히나코가 타쿠마 씨를 멀리하는 건 알지만, 타쿠마 씨의 사고 방식에 대해서도 똑같은 심정일까? 그게 궁금해서 물어봤다.

그러자 타쿠마 씨는 생각하면서 대답한다.

"글쎄. 솔직히 내 전망을 이토록 자세히 말한 사람은 네가 처음이니까."

"어? 그런가요……?"

"그래. 그러니까 히나코가 찬성할지 어떨지는 몰라."

타쿠마 씨가 태평하게 고백했다.

"잠깐만, 기다려 주세요."

왜 태평한지, 나는 이해할 수 없었다.

"히나코와 말한 적도 없으면서…… 히나코와 다른 사람들의 인생을 좌우하는 개혁을, 실행하려는 겁니까?"

대답을 듣는 게 무서워서, 나는 신중하게 물어봤다.

그러나 타쿠마 씨는 당연한 것처럼 대답했다.

"그래. 그렇게 하면 히나코가 편해질 게 뻔하니까."

그 대답을 듣고, 나는 이해했다.

그렇구나…….

이제야 알겠다.

이 사람에게 느꼈던, 위화감의 정체를.

히나코를 생각해서 인터폰을 누르지 않은 걸 알았을 때는, 이러니저러니 해도 이 사람도 가족을 아낀다고 여겼다.

하지만 실제로는 아니다.

저택에서 히나코가 말했던 것처럼, 이 사람은 자기밖에 모른다.

이 사람은── 가족을 걱정하는 자신만 생각한다.

타쿠마 씨는, 가족을 소중히 여기는 게 아니다.

코노하나 그룹도 똑같을 것이다. 타쿠마 씨에게 중요한 건 그룹을 소중히 여기는 자신의 판단이지, 그룹에서 생활하는 사람들의 마음은 부차적인 것이리라. 직장 내 갑질을 당한 사원도 어쩌면 이렇게 눈에 띄는 해결 방법은 바라지 않는 게 아닐까? 그렇다고 해도 타쿠마 씨는 그 사람의 마음에 흥미가 없다.

그러니까 태연하게 해체와 재구축 같은 소리를 하는 거다.

왜 그런 가치관인지, 어렴풋이 예상할 수 있다.

이 사람은 자신의 판단이 옳다고 하는 절대적인 자신감이 있다. 다른 사람의 마음을 읽을 정도의 통찰력이── 다른 사람에게 보이지 않는 것이 보인다는 체질이, 그렇게 한다.

그건 사실이겠지.

타쿠마 씨의 방식으로도 의도한 만큼 개혁할 수 있을 것 같으니까.

하지만 그런 방식이라면 나는──.

히나코는──.

"너도, 아버지와 똑같은 얼굴이구나."

타쿠마 씨는 내 얼굴을 보고 말했다.

기대도, 낙담도 없는, 담담한 표정을 짓고 있었다.

"상관없어. 네가 나와 다른 방식을 찾아주면 되니까."

"그게 무슨 뜻이죠……?"

"나는 그저 현시점에서 가장 올바른 선택을 하려는 거야. 하지만 앞으로 네가 애써서 상황을 바꿔준다면, 다른 선택지가 생길지도 모르지."

현시점에서는, 카겐 씨보다 자신의 선택이 옳다. 타쿠마 씨는 은연중에 그렇게 말했다.

타쿠마 씨는 객관적이었다. 태도만 보면 오만하게 느껴질 수 있지만, 이 사람의 발언은 공평하다. 자만이 아니라 치밀한 계산으로 자신하고 있다.

계산에 넣지 않는 건, 우리의 감정뿐이다.

"내 선택이 싫다면, 네가 다른 선택지를 만들 수밖에 없겠는걸."

타쿠마 씨는 대담하게 미소를 짓고 말했다.

오싹. 싸늘한 바람이 앞에서 부는 것 같았다.

소름이 돋는다. 내가 왜소한 존재임을 깨닫게 한다.

이 감각은 관록이라고 표현할 수밖에 없었다.

타쿠마 씨의 압도적인 관록이 나를 아찔하게 했다.

"그나저나 이츠키 군이 정말로 임원이 되려고 한다면, 학창시절에 조금만 더 실적을 만드는 게 좋겠어. 지금 상태로는 무대에 오를 수조차 없으니까."

타쿠마 씨는 턱에 손을 대고 생각에 잠겼다.

아까 느낀 중압감은 이미 없다.

뺨에서 흘러내린 식은땀이 땅바닥에 떨어졌다.

"학생회에 들어가는 게 좋을까? 하지만 거긴 집안을 중시하니까, 이츠키 군은 능력 이전에 신분이 들킬 위험이 있고……게다가 매니지먼트 게임에서도 승리해야 하나."

"매니지먼트 게임……?"

"조금 특이한 수업이 있거든. 내용은…… 굳이 설명하지 않겠어."

처음 듣는 단어에 내가 고개를 갸우뚱하자, 타쿠마 씨가 슬쩍 웃었다.

"너는 아마 모르겠지. 키오우 학원은, 2학년 2학기부터가 진짜야."

며칠 뒤, 나는 타쿠마 씨가 한 말이 무슨 뜻인지 알게 된다.

고등학교 생활의 반환점인, 2학년 2학기.

키오우 학원은 대규모 이벤트를 맞이했다.

(생활력 없음)

타쿠마 씨가 떠난 것을 확인한 우리는 평소 지내던 저택으로 돌아갔다.

"뭔가, 오랜만에 오는 기분인걸."

정원에서 저택 외관을 본다.

2주밖에 안 됐는데, 무척 오래된 기분이 들었다.

어느새 이 저택도 옛날에 살던 집처럼 내게 소중한 장소가 된 듯하다.

그나저나 저택 풍경이 평소보다 신선하게 보였다.

고작 열흘이라고 해도, 시간이 지나서 그런 걸까?

아니면—— 내가 달라져서 그런 걸까?

"히나코, 어떻게 하면 키오우 학원의 학생회 임원이 될 수 있어?"

저택 안에 들어가면서, 나는 히나코에게 물어봤다.

"되고 싶어……?"

"아니, 꼭 그런 건 아니지만……."

내가 코노하나 그룹의 임원이 되려면 키오우 학원에서 실적을 남기는 게 좋을 것이다. 그러나 타쿠마 씨가 제시한 진로를 따라간다고 다 좋은 것도 아니다. 특히 타쿠마 씨가 그런 성격임을 알게 된 지금, 그 사람이 하는 말을 무조건 신뢰할 수 없었다.

타쿠마 씨는, 내가 더 좋은 선택지를 찾으면 따르겠다고 했다.

즉──나는 앞으로 타쿠마 씨와 경쟁해야 할 가능성이 있다.

나는 타쿠마 씨보다 더 뛰어난 답을 끌어내야 한다. 생각하기만 하는 게 아니라, 실행할 수단과 지위도 포함해 경쟁하게 되리라.

(알기 쉬운 악당이, 훨씬 나을지도 몰라…….)

타쿠마 씨는 대화에 응하는 사람이다. 그러니까 이번에도 카겐 씨와 논쟁하고, 최종적으로는 못마땅하게나마 패배를 받아들였다.

뒤집어 보면, 그 사람의 의견을 뒤집으려면 정공법으로 물리칠 수밖에 없다. 타쿠마 씨는 범죄에 손대지 않으니까, 멋대로 자멸하길 바랄 수는 없다.

뛰어넘으려고 하기엔 너무 높은 벽이다. 그 벽을 뛰어넘을 발판으로써, 우선 키오우 학원의 학생회를 목표로 삼는 것은 나쁘지 않을 것 같다.

"아, 그래도 텐노지 양은 학생회에 흥미가 있어 보이던걸."

"텐노지 양……."

텐노지 양의 이름을 말하자 어째서인지 히나코의 표정이 어두워졌다.

"……이츠키."

"응?"

히나코는 걸음을 멈추고 시선을 내렸다.

그러나 이윽고 작은 손을 굳게 쥐고, 결의가 담긴 눈으로 나를 본다.

"나는…… 아무한테도, 안 질 거야."

히나코는 얼굴을 새빨갛게 물들이고 선언했다.

누구한테, 뭘 지지 않겠다는 걸까?

나는 의아했지만, 히나코는 긴장한 얼굴로 발걸음을 돌렸다.

"그게, 다야……!"

그렇게 말하고, 히나코는 자리를 떴다.

자기 방으로 돌아가려는 걸까? 그러나 길을 몰라서 곧바로 멈췄다. 근처에 있던 메이드가 부끄러워하는 히나코를 눈치채고 안내하기 시작한다.

귀까지 빨개진 히나코를, 나는 시즈네 씨와 함께 뒤에서 멍하니 쳐다봤다.

"히나코도 학생회에 흥미가 있는 걸까요?"

"글쎄요……."

◇

떠나가는 히나코를 보고, 시즈네는 그 심경을 헤아렸다.

용기를 최대한 쥐어짠 발언이리라. 그러나 긴장과 어색함이 부풀어 올라서 그 자리를 떠날 수밖에 없었을 것이다.

(생활력 없음)

(아가씨께선, 완벽하지 못하게 된 걸지도 몰라.)

아직 긴장이 풀리지 않았는지, 히나코는 오른팔과 오른발을 동시에 내밀며 걷기 시작했다.

그 감정을 깨달은 지금, 히나코는 예전보다도 완벽한 영애의 모습을 유지하기 어려워졌을 것이다.

어쩌면 주위 사람도 그 변화를 눈치챌지 모른다.

(하지만…… 예전보다도 훨씬 예뻐졌어요.)

완벽한 영애와 나태한 소녀. 그 틈새에서 나타난, 사랑에 빠진 처녀.

히나코와 오래 교류한 시즈네니까 확신할 수 있다.

지금의 히나코는 예전과 다르게 활기차고, 감정이 풍부하고, 인간미가 넘쳤다.

그 변화는 시즈네에게 기쁜 일이었다.

그러나 한편으로는 불안의 씨앗이기도 하다.

"폭주하지 않으면 좋겠는데……."

이 또한 히나코를 쭉 지켜본 시즈네니까 확신할 수 있는 일이다.

히나코는…… 연애에 관해서는 서툴 것이다.

한숨을 쉬고 싶어지는 마음을 억누르고, 시즈네는 이츠키를 봤다.

키오우 학원에서 히나코가 폭주하면 막을 사람이 이츠키밖에 없다.

이 소년은 앞으로도 고생하리라. 여러 가지 의미로…….

(생활력 없음)
~영애들이 다니는 명문 학교에서 제일가는 **아가씨**를 남몰래 돕는 시중 담당이 되었습니다~ 5

특별 단편 • 히나코와 어른의 영화

여름 방학 막판. 옛날 우리 집에서 지내고 며칠이 지났을 무렵.

저녁 식사를 마치고 설거지하고 있을 때, 시즈네 씨가 내게 말을 걸었다.

"그러고 보니 아가씨께선 어떤 곳을 관광하셨죠?"

"그게 말이죠……."

나는 최근 며칠 동안 히나코와 함께 돌아본 곳을 설명했다.

"그랬군요. 상점가와 소고기 덮밥 가게입니까."

"네. 그리고 유리의 집하고, 제가 다니던 학교도 갔죠."

"어디든 아가씨께는 신선한 곳일지도 모르겠네요."

"그렇죠. 히나코도 즐거웠을 거예요."

그러나 히나코와 만나기 전에는 아르바이트 일만 했던 나는 더 안내할 곳이 없었다. 히나코는 한동안 더 이 집에서 지낼 예정이지만, 이미 소재가 다 떨어졌다.

"이런 기회는 좀처럼 없으니까, 더 안내해 보고 싶은데요……. 어디 좋은 데가 없을까요?"

"글쎄요……. 솔직히, 아가씨께서 가장 가고 싶은 곳은 이츠키 씨의 집일 테니까, 그곳 말고 흥미가 생길 곳이라면……."

시즈네 씨는 잠시 생각한 다음에 대답했다.

"영화관은 어떨까요?"

"영화관, 말인가요……."

하긴, 평범한 고등학생이라면 좋아할 만한 곳이다.

그러나 나는 사정이 있어서 어중간하게 대답하고 말았다.

"마음에 안 드세요?"

"아, 아뇨. 그렇지 않아요. 바로 히나코에게 제안해 볼게요."

나는 이불에 기분 좋게 드러누운 히나코에게 다가갔다.

"히나코."

"응……?"

"내일 같이 외출할까?"

◆

"오오……."

이튿날. 나는 시즈네 씨의 제안에 따라 히나코를 영화관에 데려갔다.

"여기가 영화관이야."

"굉장해. 이상한 분위기……."

그 표현은 아니라고 보지만, 정말로 이상한 분위기라고 표현할 수밖에 없을지도 모른다. 어둡고 가슴이 두근거리는 느낌이라고 할까, 영화관에서만 느낄 수 있는 독특한 분위기다.

"슬슬 들어가 볼까."

~영애들이 다니는 명문 학교에서 제일가는 **아가씨**를 남몰래 돕는 시중 담당이 되었습니다~ 5 (생활력 없음)

"응!"

벌써 즐거워 보이는 히나코를 데리고, 우선 티켓 자판기 쪽으로 간다.

"어디 보자……."

티켓 자판기 화면을 조작한다.

구매자 정보…… 이건 스마트폰으로 확인하면 될까?

포인트…… 잘 모르겠지만, 이득이 된다면 회원으로 가입하는 게 좋겠지.

"……?"

고개를 갸웃하는 히나코 앞에서, 나는 간신히 티켓 두 장을 발권했다.

휴. 성취감과 함께 작게 한숨을 쉰다.

"이츠키, 혹시…… 영화관, 잘 몰라?"

"윽."

당연히 지적당했다.

"미안해. 사실은 나도 영화관이 처음이야."

"그랬구나. 왜 말하지 않았어……?"

"그건……."

히나코와 만나기 전, 나는 가난하게 살아서 영화관에서 영화를 볼 여유가 없었다.

지금 와서 숨길 사이도 아니지만…….

"뭐라고 할까, 멋진 모습을 보여주고 싶었거든……."

히나코는 나를 신경 쓰지 않고 놀기를 원했다.

그렇듯 사소한 이기심이다.

"흐, 흐응…… 그랬, 구나……."

히나코는 어째서인지 내게서 등을 돌렸다.

귀가 빨간 것 같은데, 기분 탓일까……?

◆

마침내 상영 시간이 되고, 우리는 자리에 앉았다.

"히나코, 자도 돼."

"괜찮아. 오늘을 위해서, 어제는 20시간 잤어……!"

너무 잤잖아.

그러고 보니 오늘도 외출하기 직전까지 잤는데, 그런 이유가 있었나.

"어라? 하지만 대책을 세운 걸 보면, 영화관이 뭔지 알았어?"

"몰라. 시즈네가, 영화관에서 가끔 잠들었다고 해서."

그 시즈네 씨도 휴식 삼아 영화관을 찾을 때가 있나.

그렇다면 조금 미안하게 됐다. 시즈네 씨도 부를 걸 그랬다.

잠시 후, 영화가 시작됐다.

사전에 히나코에게 '보고 싶은 영화가 있어?' 라고 물어봤더니 '아무거나 좋아.' 라고 대답해서, 아무튼 여자도 재밌게 볼 수 있게끔 대중적인 연애 영화를 골랐는데…….

(응……?)

남자 배우와 여자 배우의 신체 접촉이, 생각보다 많다.

~영애들이 다니는 명문 학교에서 제일가는 **아가씨**를 남몰래 돕는 시중 담당이 되었습니다~ 5 (생활력 없음)

그 이전에 서양 영화다. 나는 국산 영화를 골랐을 텐데…….

(아차…… 영화를 잘못 골랐어!)

익숙하지 않은 짓을 해서 그런지, 실수로 다른 영화를 예약했나 보다.

어쩐지 주위에 학생이 없다 싶었다.

이 영화, 아마도, 어른을 위한 영화야……!

『카일. 사랑해.』

『그래, 나도 사랑해.』

『같이 밤을 보내자.』

『바라는 바야.』

스크린에서는 정사씬에 돌입한 젊은 남녀가 큼직하게 나왔다.

성인 영화가 아니어서 노골적으로 나오는 건 아니지만, 분위기만은 잘 전해진다.

거북하다…….

무심코 옆자리에 있는 히나코를 보니.

"쿨, 쿨……."

다행이다……. 잠든 듯하다.

그토록 안 자겠다고 호언장담한 것치고는 금방 잠들어서 놀랐지만, 이번만큼은 그런 히나코 덕분에 살았다.

◆

그 뒤로 영화관을 나선 우리는 느긋하게 귀로에 올랐다.

"그나저나 흑막이 그 남자일 줄은⋯⋯ 놀랐어."

"응. 설마, 파워드 슈츠가 안 벗겨질 줄은 몰랐어⋯⋯."

혼잣말처럼 중얼거렸더니 히나코도 영화 감상을 말했다.

이상하다. 히나코는 쭉 자고 있었을 텐데.

"히나코, 깨어 있었어?"

"아, 아니야⋯⋯. 왠지, 그런 것 같아서."

히나코는 허둥지둥 고개를 홱 돌렸다.

뭐야. 그냥 맞장구를 쳐 준 건가?

그런 것치고는 구체적인 감상이었던 것 같지만⋯⋯ 캐물었다 간 분위기가 이상해질 것 같아서, 나는 생각하지 않기로 했다.

후기

사카이시 유사쿠입니다.

이 책은 2월 초에 나올 것으로 보는데, 제가 이 문장을 쓰는 건 1월 초입니다. 그걸 전제로 이야기를 진행하겠습니다.

갑작스러운 질문인데, 여러분은 「퀴즈○ 정답은 1년 뒤」라는 방송 프로그램을 아십니까?

○로 글자를 가리는 의미가 없는 것 같지만, 저는 이 프로그램을 좋아합니다.

방송 내용을 대충 설명하자면, 1월 1일에 올해 있을 일을 예상하고, 그것을 연말에 대조해 보는 느낌입니다. '올해는 이 사람과 이 사람이 결혼할 것이다' 같은 식으로 연예인들이 예상하고, 연말에 그 녹화 영상을 보면서 실제로는 어떻게 됐는지 맞춰 보는 흐름이죠.

제가 이 문장을 쓰는 지금이 1월 1일이기도 해서 올해 포부를 여러모로 생각해 보고 있는데, 기왕이면 저도 이 방송대로 해보자는 생각이 들었습니다.

타이틀은 퀴즈☆정답은 1개월 뒤.

이 작품이 세상에 나올 무렵, 저는 올해의 포부를 얼마나 달성했을까…… 그걸 예상해 보겠습니다.

제멋대로 쓰는 후기라서 죄송합니다.

이것이 후기로 뭘 쓸지 고민한 작가의 말로입니다.

제 올해의 포부는 아래와 같습니다.
· 1주에 2일은 외출하기
· 2주에 하루는 휴일을 만들기
· 매일 오전 중에 기상하기

제가 할 말은 아니지만, 막장이네요.

이걸 포부로 삼아야 하는 시점에서, 제가 봐도 참 위험합니다.

그렇다면 제각기 한 달 뒤에 어떻게 됐을지를 예상해 보겠습니다.

· 1주에 2일은 외출하기

무리일 겁니다.

2월은 아직 추우니까, 아마도 밖에 나가지 않을 겁니다. 먹을 게 떨어지면 하는 수 없이 외출할 것 같지만, 저는 한 번에 많이 사니까 일주일에 두 번이나 장을 보러 나가지 않습니다. 가을에는 조깅도 했지만, 지금은 추우니까 집에서 체력 단련만 합니다.

· 2주에 하루는 휴일을 만들기

될 것 같습니다. 이 권이 나오려면 앞으로 한 달. 그동안 적어도 이틀 정도는 휴일을 만들 수 있을 겁니다.

참고로 휴일이 없는 건 바빠서 그런 게 아니라, 제가 집필을 아주 좋아하는 사람이기 때문입니다. 하지만 집필 공부에 쓸 시간도 필요하니까, 회복을 위해서도 휴일이 필요하다고 최근에 반성했습니다.

음? 공부는 쉬는 게 아니라고요? 무슨 말씀을 하시는지 잘 모르겠군요.

· 매일 오전 중에 기상하기

무리일 겁니다.

겨울은 정말로 이불 밖으로 안 나갑니다. 시기가 나쁩니다. 진짜입니다. 겨울이 아니라면 아슬아슬하게 가능성이 있습니다.

그러나 아침에 일어나면 기분이 엄청 상쾌하단 말이죠……. 그 상쾌함을 맛보기 위해서라도, 이 목표는 올해 꼭 달성하고 싶습니다. 일단 일주일에 한 번이라도 좋으니까 오전 중에 일어날 수 있도록 노력하겠습니다. 일주일에 한 번이라면 달성할 수 있을 것 같습니다.

지금 생각해 보면 이 퀴즈는 적중하면 안 될 것 같으니까, 저는 앞으로 제가 예상한 결과를 피하고자 애써 보겠습니다.

여러분은 무사히 올해의 포부를 달성할 수 있을 거 같습니까?

이츠키와 등장인물들이 새해 포부를 생각하는 씬도 써보고 싶습니다. 5권이 여름 방학 막바지니까, 1월 에피소드를 넣으려면 조금 더 가야 할까요……?

【감사 인사】

이 작품을 집필하면서 관계자 여러분께 큰 도움을 받았습니다. 담당자님, 히나코가 경험하면 재미있을 것 같은 서민 이벤트를 이것저것 제안해 주셔서 감사합니다. 미와베 사쿠라 선생님, 히나코의 사복 차림을 귀엽게 그려 주셔서 정말 감사합니다. 똑같은 인물을 그려 주시는데도 매번 새로운 매력을 느껴서 기쁩니다.

마지막으로, 이 책을 골라 주신 독자 여러분께, 가장 큰 감사를 바칩니다.

(생활력 없음)

아가씨 돌보기 5
영애들이 다니는 명문 학교에서 제일가는 아가씨(생활력 없음)를
남몰래 돕는 시중 담당이 되었습니다.

2024년 04월 25일 제1판 인쇄
2024년 05월 02일 제1판 발행

지음 사카이시 유사쿠 | **일러스트** 미와베 사쿠라

옮김 JYH

발행 영상출판미디어(주)
등록번호 제 2002-000003호
주소 07551 서울특별시 강서구 양천로 570 NH서울타워 19층
대표전화 02-2013-5665

ISBN 979-11-380-4515-5
ISBN 979-11-380-0898-3

才女のお世話 5
高嶺の花だらけな名門校で、学院一のお嬢様（生活能力皆無）を
陰ながらお世話することになりました
ⓒ Yusaku Sakaishi
Originally published in Japan by HOBBY JAPAN Co., Ltd.

구매 시 파손된 도서는 구매처에서 교환하실 수 있습니다.
기타 불편사항, 문의사항이 있으신 독자님께서는 노블엔진 홈페이지 [http://novelengine.com] 에서
Q&A 게시판을 이용해 주시기 바랍니다.

노블엔진(NOVEL ENGINE)은 영상출판미디어(주)의 라이트노벨 및 관련서적 브랜드입니다.

하이바라의
청춘 뉴 게임 플러스

1~2

고등학교 데뷔에 실패해 잿빛 고등학교 시절을 보내고 대학교 4학년생이 된 청년, 하이바라 나츠키.

사회 진출을 코앞에 둔 그는 어느 날 갑자기 7년 전—— 고등학교 입학 직전으로 시간이 되돌아가게 된다!!

후회만 가득하던 고등학교 생활을 '다시 시작' 할 기회를 얻은 덕에 과거의 경험을 교훈 삼아 같은 반 미남미녀 최상위 그룹 6명 중 한 사람이 되는 데 훌륭히 성공한 나츠키!

게다가 그곳에는 과거에 짝사랑한 미소녀, 카리도 있는데……?!

 아마미야 카즈키 지음 | 긴 일러스트 | 2024년 3월 제2권 출간

청춘의 상상, 시동을 걸어라!

팔리다 남은 떨거지 스킬로, 『외톨이』는
이세계에서 치트를 넘어선 최강의 길을 걷는다──.

외톨이의 이세계 공략

1~4

학교에서 '외톨이'로 보내던 하루카는 어느 날 갑자기 반 아이들과 함께 이세계로 소환된다. 이세계 소환의 정석인 '치트 스킬'을 얻을 수 있다고 생각했으나── 스킬 선택권은 선착순, 그것도 반 아이들이 다 가져간 상태?!

아무도 안 가져간 떨거지 스킬, 그리고 『외톨이』 스킬의 효과로 인해 파티도 못 들어가 고독한 모험에 나설 수밖에 없게 된 하루카.

그러던 중에 반 친구들의 위기를 알게 되고, 치트에 의존하지 않으며 치트를 넘어서는 이단적인 최강의 길을 걷기 시작하는데──.

최강 외톨이의 이세계 공략 이야기, 개막!

애니메이션 제작 중

고지 쇼지 지음 | 부~타, 에노마루 사쿠 일러스트 | 2024년 4월 제4권 출간

청춘의 상상, 시동을 걸어라!

제15회 MF문고J 라이트노벨 신인상 《최우수상》 수상
2021년 7월 TV 애니메이션 방영작! 시즌 2 제작 결정!

탐정은 이미 죽었다

1~9

◆

애니메이션 방영작

고등학교 3학년인 나, 키미즈카 키미히코는 한때 명탐정의 조수였다.

——"너, 내 조수가 되어줘."

시작은 4년 전, 지상 1만 미터 위의 상공. 이재킹을 당한 비행기 안에서 나는 천사 같은 탐정 시에스타의 조수로 선택되었다.

그로부터 3년, 우리는 눈부신 모험극을 펼치고—— 죽음으로써 헤어졌다. 홀로 살아남은 나는 일상이라는 이름의 현실에 빠져 안주하고 있었다. ……그걸로 괜찮냐고?

괜찮고말고.

다른 사람에게 피해를 주는 것도 아니니까.

그렇잖아? 탐정은 이미, 죽었으니까.

니고 쥬우 지음 | **우미보즈** 일러스트 | **2024년 4월 제9권 출간**
청춘의 상상, 시동을 걸어라!

패배 히로인이 너무 많아!

1~4

학급의 배경인 나, 누쿠미즈 카즈히코는 인기 많은 여자인 야나미 안나가 남자에게 차이는 모습을 목격한다.

"나를 신부로 삼아주겠다고 했으면서!"

"그거 언제 적 이야기인데?"

"네다섯 살쯤인데."

──그건 좀 아니지.

그리고 이 일을 시작으로 육상부의 야키시오 레몬, 문예부의 코마리 치카처럼 패배감이 넘치는 여자애들이 나타나는데──.

패배 히로인── 패로인들과 엮이는 수수께끼의 청춘이 지금 막을 연다

애니메이션 제작 중

©2021 Takibi AMAMORI / SHOGAKUKAN
Illustrated by IMIGIMURU

아마모리 타키비 지음 | 이미기무루 일러스트 | 2023년 11월 제4권 출간

청춘의 상상, 시동을 걸어라!

성검학원의 마검사

1~5

애니메이션 방영작

최강의 마왕 레오니스는 다가오는 결전에 비해 자신을 봉인했다. 하지만 1000년이란 월이 지나 눈을 떠 보니 열 살 소년의 모습으로 돌아가 있었다?! ── "어째서?!"

그리고 깨어난 곳에서 예상치도 못한 만남이?!" ── 어째서 여기에 갇혀 있었니? 이 누나가 지켜줄게."

〈성검학원〉 소속 미소녀 리세리아에게 보호받게 된 레오니스는 크게 변모한 세계를 보고 황당해한다. 미지의 적 〈보이드〉, 〈제07전술도시〉, 무기의 형태를 한 이능의 힘── 〈성검〉 난생 처음 듣는 단어들에 혼란에 빠지면서 과거의 최강 마왕=현세의 열 살 꼬마는 〈성검학원〉에 입학하기로 하는데──.

©nigozyu 2023 / Illustration : Umibouz
KADOKAWA CORPORATION

니고 쥬우 지음 | 우미보즈 일러스트 | 2024년 4월 제9권 출간
청춘의 상상, 시동을 걸어라!